GOBOOKS
& SITAK
GROUP©

三日月書版

三日月書版

畫中仙

三日月書版
BL016

墨竹——著

目次

楔子

「有人傷得了妳？」半躺在上位白玉座上的男子撐著下顎，看著站在空曠大殿裡的美麗女子。「仙子，妳不是在和我說笑吧！」

「山主明鑒，傷了我的，不是普通的妖魔或者精怪。」那女子咬了咬下唇：「我已經盡力了，可是我不是他的對手，反倒被他吸取了近百年的修為。」

「喔？真有這樣的事？」男子站起了身，衣袂飄飄地走下白玉臺階，來到了女子面前。

女子忍不住退後了一些，垂下了頭。

「仙子，妳還記不記得我耗費心力，把妳從異層界陣裡救出來的時候，妳答應過我什麼？」他微笑著問。

「記得……必須服膺於山主，遵從山主的心意行事。」

「我還以為妳是在天上待得太久了，總覺得自己是什麼高高在上的神仙。」他面色一變，異常陰沉地說：「掌燈，別忘了，妳違反天規，早就不是什麼九天上的仙子。如果現在連這點小事也做不好，我要妳這廢物又有什麼用處？」

掌燈一個哆嗦，臉都白了。

「是掌燈沒用，請山主不要怪罪！」她急忙為自己辯解：「不是我沒有盡力，實在是那東西邪門得很，我怕鬥不過他，枉自送了性命，才倉惶遁逃的。」

「掌燈，既然盡力了，妳還這麼害怕做什麼？」他又揚起了笑容：「妳告訴我，究竟是誰能讓妳這麼狼狽？」

「我原本以為只是個普通的鬼怪，所以沒放在心上，就讓山主供我役使的小妖去……」掌燈一五一十地稟告著，不敢遺漏半點細節：「沒想到他看見我額上的刻印以後，突然放鬆了警覺，我才能趁機離開。」

「還有能吸取法力的本事？」他想了想：「妳說說看，那到底是個什麼樣子的人？」

「他的樣子起初和普通的幽魂沒什麼區別，而他吸取了法力以後，就實體化了。」掌燈猶豫了片刻：「要說他長什麼模樣……雖然我只是匆匆一瞥，可是那人容貌相當俊美，而且隱隱有股傲然神氣，連上界諸仙也少有這樣的。」

「不是鬼魂？」他轉身走回了座上：「沒有妖氣也不是神仙，這倒是有趣了。只可惜我不會數算命運的本領，不然，倒是簡單了許多。」

掌燈知道他喜怒無常，往往因為一句話就動了殺機，不敢隨便接他的話。

「掌燈，妳在洛陽侯那裡也有五、六年的時間了吧。」

「是。」

「嗯，也差不多是時候了。」

掌燈一愣。

「掌燈……曾經有人當著我的面，說我做了會讓自己後悔的事。」他舉起自己的右手仔細看著，像是那上面有什麼值得認真研究的東西一樣。「妳猜，我會怎麼處置這個人呢？」

掌燈聞言，直覺地答道：「殺了他嗎？」

「掌燈，妳真是慈悲的仙子呢！」他笑出了聲，又突然斂去了笑容：「殺了，不是太簡單無趣了嗎？她說我會後悔，我就讓她先嘗嘗後悔的滋味！她最想要什麼，就永遠得不到什麼。讓她後悔生生世世，這樣，才能解我心頭之恨……」

愚蠢的人，我當年說的話，妳現在可明白了嗎？這就是妳逞一時口舌之快的後果！

「掌燈，洛陽侯對妳很好，是嗎？」他又問。

「是。」掌燈戰戰兢兢地答了：「他總是百般討好我。」

「妳看，凡人啊！」他仰起頭，嘲諷的笑聲在空蕩的大殿裡撞擊出陣陣回聲。

1

「聽說侯爺府上有一處廣闊梅林，風景如畫，不知是否有幸一遊？」

「這……」俞韜臉上露出了為難：「只是幾株老梅，實在不敢拿來汙了貴客的眼睛。青王若是想要賞梅，洛陽城東有梅林千頃，我們可以到那裡……」

「我只是隨口說說，如若主人不便，我也不敢強求。」貴客笑著說。

「這……只是……」只是有隻鬼沒日沒夜地待在梅林裡瞎逛，把他洛陽侯的梅林當作了自己的領地。

去是無妨，可要有個萬一……

「只是因為……」

「我說算了。」貴客擺了擺手：「我雖然想看梅花，不過主要還是為了拜訪侯爺和探望疏影而來。」

「王爺太客氣了，沒有什麼不便的，我只是怕言過其實，會讓王爺失望。」

這人可得罪不起，再說大白天的，那隻鬼也許不在梅林裡，看一眼就走，應該沒什麼問題！

「得青王垂愛，這是我的榮幸，那我們這就過去吧！」

貴客含笑站起，跟著引路的俞韜往後院的梅林去了。

青石小徑，疏影橫斜。

「王爺，這就是我家的梅林。」俞韜環顧了一眼，沒看見什麼異樣，放下了心，高興地介紹著：「不知青王是否覺得……王爺！王爺！」

這青王是怎麼了？

「啊！我是沒想到，侯爺居然是如此風雅的人物。」青王像是回過了神，笑著說：「這座梅林規模不小，照顧起來頗費心力吧。」

「王爺過獎了！」

兩人說著客套推崇的話，沿著小徑漸漸往梅林深處走去。

「青王，這雪下大了，我們還是回前廳喝杯酒暖暖身子吧。」其實想往裡走的只有青王一個人，俞韜可是滿心不願：「不如等雪停了再來？」

可惜，貴客的興致高昂。

「噯！踏雪尋梅，這麼難得的雅事怎麼能錯過了？」

俞韜摸摸鼻子，只能暗暗禱告不要出什麼亂子。

不過，顯然他的禱告沒有上達天聽。

「侯爺，你可聽見了？」貴客停下了腳步，滿臉驚訝地問著俞韜：「像是有什麼聲音……」

「沒有！」俞韜用力搖頭。

「是人聲，有人在說話……」貴客側耳傾聽，辨明方向後直直走了過去。

「青王！」俞韜跺了跺腳，覺得要糟，只能快步跟上。

漫天細雪，滿目寒梅。天地白茫一片之中，孤獨地站著一個人影。

白衣、白傘、長髮……修長的白衣人影，撐著白色的綢傘，傘上畫著一枝墨色梅花。傘沿下，長長的烏黑頭髮直拖到地面上，迤邐以極。

只看見背影，已經足以令人感嘆，如斯高潔，恍若仙人。

如玉的手從白色的衣袖裡伸了出來，從身旁的梅樹上折了一枝梅花。

風裡傳來縹緲的聲音：「朔風……如解意……」

朔風如解意……

手心猛地一痛，扯痛了胸口。

他停下了腳步，看著自己的右手。恍如被炙傷的烙印，形狀異常美麗的傷痕占據了手心，幾乎完全遮掩了掌上原本的紋路。

抬起頭，眼裡映入了一張高貴傲然的容顏……

一雙眼睛……深得看不見底！

蒼淡然地看著，平時總是混亂的思緒這一刻這麼清明，讓他自己也覺得吃驚。這雙眼睛，在哪裡看過呢？就算見過……也忘了吧！忘了好多事呢……

蒼淡然地走過對方身邊，錯身時停了下來，看了看自己手裡的梅花，然後遞了過去。

「給你。」他也不知道自己為什麼要這麼做。

鬆開手，對方沒有接到，梅花落到了地上。他低頭看看落到雪裡的梅花，沒有原因地嘆了口氣。低低長長，隱隱約約地嘆了口氣。

「碎了……」梅花落到地上，摔碎了花瓣，他再沒有看第二眼，頭也不回地走了。

「王爺！王爺！」俞韜站在一旁，驚訝地看見貴客臉色古怪地站在那裡看著地上的梅花。

「不是他，不可能是他。」青王緩緩搖頭。

「不是誰？」俞韜一頭霧水地問，趁機又找藉口解釋：「青王可是指剛才那人？那只是寄居在這裡的一個閒人，別看他貌似天人，可惜腦子不大正常，王爺不要理他就是了。」

「天人……對！那不是凡人的模樣。」

「啊！王爺！」俞韜沒有注意他在說些什麼，倒是看到令他心驚肉跳的事：「您的手怎麼了？」

順著青王垂放在身邊的指尖，鮮血一滴滴地掉落下來，鮮紅的血液在雪地上顯得觸目驚心。

手心結痂了近百年的傷口……裂開了……

「聽說，青王來了。」趙玉清靠在窗邊，也不知是在說給誰聽：「他是那個疏影的義兄，因為聽說她病了，專程來探望她的。青王在朝廷勢力很大，侯爺當然要好好招待他。」

「青……」

「其實，侯爺也待我不薄了，寧願得罪青王，也把我這個無謂的擺設放在家裡。」趙玉清苦澀一笑：「大家都在等我病死吧！要是我死了，責任、道義，什麼都說得過了。這麼看來，我還是死了好……」

毫無用處的人……沒有用處的情感……

滑落的眼淚，落進了蒼白的手心。

趙玉清愣愣地看著在月色下晶瑩剔透的液體，然後抬頭看著那個總是接住她眼淚的人。

「眼淚……」蒼的另一隻手摸上了自己的面頰：「我沒有……」

「沒有才好。沒有，就不會傷心。」

「可是……」那個聲音虛無空曠：「我想哭……」

「為什麼？你為什麼要哭？」

「碎了……」他朝窗外伸出了手：「其實，我是想哭的……可是，沒有眼淚……」

左手的掌心，像是有著圖案的炙痕深深地嵌進了皮肉，裂開了一道道猙獰的紋路，卻沒有血……

沒有了淚，也沒有了血……什麼……都沒有了……

可是為什麼，還是這麼痛？

青鱗，你為什麼要騙我呢？我只是想要一個愛我的人，只是不想這麼孤獨地活著。你若不愛我，也不該騙我的。

青鱗……我只是要你送我一握月光，你又給了我什麼呢？你可知道，我有多麼傷心，多麼傷心……

「夠了！」青鱗用力閉上眼睛，長長的黑髮在半空中飛揚，漸漸變成了深深的綠，右手緊握成拳，發出了強烈的光芒。

過了好一會兒，光芒漸漸暗淡下來，他的額頭已經滿是冷汗。張開眼睛，深綠色的眼珠再也遮掩不住。

都是因為這凝聚了意念的刻印，連魂飛魄散了也要讓我永遠記得！攤開手掌，裂開的皮肉重新凝結了起來，宛如新癒的傷口一般……

「我是青鱗！你的名字是蒼嗎？」

蒼回過了頭，看見了昨天看見的那個人。那個沒有接住梅花的人……眼睛是綠色的。

「你的頭髮眼睛……是綠色的……」他說：「真奇怪……」

青鱗微微眯了下眼睛。

「你不是也很奇怪嗎？你到底是從哪裡來的呢？」

「我忘了……」他心不在焉地回答。

「昨天，你為什麼要送梅花給我？」青鱗笑著說：「說起來，以前我也折過梅花給人，本來是開玩笑的，沒想到那個人居然認認真真地收下了。所以，我每次想到折梅，都覺得很有趣。」

「嗯……」蒼把頭轉回去，一副不想多說的模樣。

「不過，他死了以後，我就再也沒有折過梅花送給別人。」青鱗笑了笑：「我常想，他要是沒有那麼早死，也許我就不會這麼不甘心了。我贏了……卻總覺得這勝利是他施捨給我的。」

蒼看著眼前的梅花，什麼也沒有聽進去。

「真的很巧，我和他的初次見面也是在一片梅林，我折梅花給他的時候，就是念了那首詩。」青鱗折了一枝梅花放在手裡：「數萼初含雪，孤標畫本難。香中別有韻，清極不知寒。橫笛和愁聽，斜枝倚病看。朔風如解意，容易莫摧殘。」

蒼背對著他，眨了一下眼睛。

「他的名字裡也有個蒼字。」青鱗嘆了口氣，揉碎了枝頭的梅花：「昨天看見你的時候，我差一點以為你就是他呢。」

「青鱗……」

青鱗一愣，手裡的梅花落到了地上。

蒼轉過身看他，臉上有著困惑：「我不記得了……你認識我嗎？」

青鱗搖頭。

「真的？我還以為……總有人認識我的……」蒼慢慢走遠，一邊走還在一邊自言自語：「不認識……不認識呢……」

朔風如解意，容易莫摧殘……只可惜無情的風總不解人意……

「掌燈。」青鱗輕聲地喊道。

「山主。」掌燈的身影出現在一旁。

「妳說，他到底是什麼？」

「啊？難道連山主也……」卻看見青鱗的笑容，立刻低下了頭：「掌燈不知。」

「真像……」青鱗像是想到了什麼，笑容隱去了。

「像什麼？」

「像我曾經認識的人，卻又不是。」青鱗面無表情地說：「那個人，是個凡人，他說愛著我，我卻讓千鬼萬妖把他啃食殆盡。掌燈……妳說，我是不是太殘忍了？」

「總有些凡人……和別人不同……」許多年前，她也見過一個：「為了情，那麼決絕……我們比不上的……」

「掌燈。」青鱗的聲音越發柔和起來。「妳要記得，我最討厭別人說我比不上什麼……特別是凡人。」

掌燈再不敢說話。

「我們來看看吧！到底是誰做的……居然還有人知道……」

「你在問我？你是誰……」一片梅林中，有人茫然地問。

「我是青鱗啊，不是已經見過幾面了嗎？」青鱗好脾氣地回答。

「是嗎？」蒼毫不在意地說：「我不記得了……」

「你好像常常忘記事情。」

「是啊。」

「為什麼呢？」

「不知道……」

青鱗站在他的身後，臉上說不出是什麼表情。

「我能知道是誰把你封進畫裡的嗎？」他強壓下心裡的不滿，接著問：「那個使用上古鎖魂陣封住你的人……是誰？」

這一點，十分重要！居然還有人能用上古的陣術，雖然做得不是十分完美，可這件事的本身就足夠讓人驚訝了。畢竟這種陣術，可不是人人能列。

「陣？」蒼一臉木然地看著他：「什麼陣……」

「上古鎖魂陣。」

「不記得了……」

青鱗再也維持不住臉上的微笑：「你！」

「我……我什麼……」蒼轉過頭來看他：「你是誰啊？」

青鱗在還控制得住自己的時候轉身就走。

蒼站在原地，看著他走遠。他抬起了自己的左手，看著掌心的炙痕。

傷痕……為了什麼受的傷……為什麼這個傷，總是好不了呢？

「什麼傷……是做了鬼也好不了的呢？又為什麼……我總是在忘記，慢慢忘記……」

那個人是……青……

「好像叫做……」他下意識地說：「青……青鱗……」

青鱗……

「在哪裡聽過……」他閉起眼睛，風裡依稀傳來聲聲呼喚。

青鱗……

趙玉清坐在可以望見梅林的窗邊，遠遠看著蒼持傘的背影。

蒼在陽光下看起來似乎不是那麼清晰……也不知為什麼，一種悲哀的感覺湧上了她的心頭。她輕聲地嘆了口氣，拿起手邊的書，看了起來。

「海上生明月，天涯共此時。情人怨遙夜，竟夕起相思。滅燭憐光滿，披衣覺露滋……」

「不堪……盈手贈……」有人接著她，慢慢地念了下去。

她抬起頭，看見蒼不知什麼時候來到樓下，正仰頭看著自己。

「還寢夢佳期。」她笑了笑，把詩念完。

蒼摸了摸自己的額頭。

有些東西總在這裡打轉，可是怎麼也想不起來……

「月光……也能送人嗎？」

這般虛無的東西，怎能拿來作為饋贈？要是我的話，寧願有人贈我一握珍珠。雖不是月光，卻勝過月光……

「雖說是月光，其實是指贈情吧！」趙玉清答道：「只要有情，就算只是受贈虛幻的月光，也心滿意足了。」

……可是我不敢相信，所以才裝作不懂。其實當時我是想說，不要說是一握月色，如果我能做到，我真想把天下的珍寶都拿來送你……

「騙人！」傘從手裡滑落。

「蒼，你怎麼了？」趙玉清被他的神情嚇到，急忙站了起來。

她急著站起來，手上一鬆，書掉落到了樓下。

蒼低下頭，風吹過，書頁正翻到了那一頁。

「不堪……盈手贈……」

不知何時，才會有人願贈我一握月光？

騙我！你竟敢騙我！你怎麼能這麼對我？

「啊──」蒼抱著頭，踉踉蹌蹌地衝進了梅林。

滿目梅花刺痛了他的眼睛。

梅花！什麼梅花？什麼高潔！什麼傲骨！什麼都是假的！他抬起頭，目光掃過，片片花瓣和著枝頭的積雪像被無形的力量打落，四處飛散。

……能說不要就不要該有多好……

他閉上眼睛，覺得應該有什麼東西會從眼睛裡掉出來。

四周一片安靜，只有在風裡飛揚的花瓣在他身邊穿梭。他張了張嘴，感覺想要說些什麼，偏偏就在嘴邊，又始終說不出來。

全身的力氣剎那消失無蹤，就要跪到地上……梅花雪裡，一雙有力的手扶住了他向下滑落的身子。

蒼抬起頭，看進了一雙奇特的眼睛。

烏黑中帶著一絲暗沉的綠，閃動著難以描述的光芒。那人為他撣了撣落肩上和髮上的花瓣和雪，用淡然溫和的聲音問他：「你不舒服嗎？」

「青鱗……」他輕聲地念出了這個人的名字。

扶著他的青鱗像是被什麼東西刺到一樣，飛快地收回了手。

「蒼，你沒事吧！」趙玉清匆匆忙忙從樓上跑下來，顯得有些氣喘吁吁。迷茫混亂的蒼像是看見了救命的稻草，急急忙忙拉住她，躲到了她身後。

「你是……」趙玉清雖然驚訝，可還是更注意眼前的陌生男人。

「這位就是侯爺夫人吧？我是到府上拜訪的客人。」青鱗把手負到了背後，恢復了笑容：「真是幸會。」

「不要看他……」趙玉清本來還想問兩句，卻聽到身後的蒼這麼說。

「告辭了！」趙玉清說完，扶著幾乎沒有重量的蒼往小樓走去。

看著那一對扶持的人影消失在門後，青鱗停住笑容，垂下了眼簾。

「趙玉清……」他像是在自言自語：「也該是時候死了。」

背後，有鮮血順著他的手指滴落下來。

夜，洛陽侯府大開宴席，招待如雲的賓客。席上，洛陽侯神采飛揚，身邊美人如玉。

前院，笙歌曼舞。後院，冷清慘澹。

「妳快死了。」後院的小樓，蒼漠然地回頭看著躺在床上的趙玉清。

「我知道……」趙玉清虛弱地說：「時間就要到了……」

「妳不想活著嗎？」蒼問她：「妳為什麼要笑？」

「我不想哭著離開……蒼，我們都是孤單的，孤單地來，孤單地走……就算哭，又有什麼用呢？」

「妳死了以後，我替妳殺了他，可好？」蒼依舊沒有什麼表情。

「不要！」趙玉清連忙搖頭。

「你要我現在就去？」

「不要殺他！我愛他啊！不論他對我做了什麼事，我都不會恨他的。」趙玉清虛弱地笑了：「我常想，大概這就是別人說的債。我前世欠了他太多太多，所以，這一世是我還給他的。他是我最愛的人……我希望他好好地活著……如此而已……」

「這念頭很奇怪。」蒼想了想：「要是我，就殺了他。」

「你最近……有些奇怪呢……我總覺得你不像是會說這種話的人……」趙玉清朝他笑笑。

「欠我一分，當然要還十分。」蒼淡淡地說。

說得那樣理所當然……

「蒼，你這幾天……有時會很奇怪……」那種太過明顯的改變，簡直令人害怕。

蒼眉頭一動，神情又變了。

「妳騙過我，可妳一直對我很好……對我好的人，我會記得的。」蒼溫柔地說：「妳答應讓我殺了他，我就想辦法救妳，好不好？」

「蒼！」趙玉清急速地喘著氣，緊張地說：「你這是怎麼了？你不要這樣！」

蒼的左手發出一道光芒。

「啊！」他捂住了自己的左手，臉上露出了痛苦的表情。

好一會兒，他的表情才平靜下來。帶著些茫然，帶著些憂鬱，這才是趙玉清印象裡蒼的表情。

「妳就要死了……」蒼茫茫然地說著：「人都會死……不過，傷心地死，真是不好……」

「蒼！你要去哪裡？」趙玉清恍惚地看著他走了出去。

「不要看見妳死……」蒼頭也不回地說。

說完，恍似飛翔地隨風飄去。

夜色下，有人站在他常常流連的梅林之中。

「你是……」暗綠色的……有點眼熟……

「青鱗。」對方似乎早已見怪不怪。

他想了想，從半空落下：「你殺她……」

「我不瞞你，那個叫做趙玉清的女子，在前世時和我有著很大的嫌隙。」青鱗墨綠色的長髮和眼眸，在月光下泛著異樣美麗的光彩：「她耗費了三千年的法力，就是為了和那俞韜再續前緣。於是我派了一個和她前世極為神似的人，刻意接近俞韜，奪取屬於她的姻緣，就是為了懲戒她前世對我的不敬。」

蒼想了許久才弄明白他的意思。

「無聊……」他說：「有什麼意義……」

「哼！」青鱗輕聲地笑了：「我們活著，原本就沒有什麼意義。你不是一樣嗎？忘記了自己是誰，忘記了活著的目的，就算不老不死地活著，這樣的生存有什麼意義？」

「意義？」蒼像是被問倒了：「有什麼意義呢？」

「這個世上，不論人神魔妖，大多毫無目的地活著。情愛怨恨，不過是蒙上自己的眼睛，做了一個想做的夢。」青鱗手一揚：「說什麼生生世世，永永遠遠。其實，除了自己，又有什麼不能捨棄？」

「不是的……」蒼直覺地想要反駁。

「有什麼不是呢？做什麼不好，偏偏要做凡人！就算相守了這一生又有什麼意義？不過幾十年的光陰，轉瞬就會消逝。」青鱗搖頭，聲音低了下來：「到了情緣斷絕的那天，就算對面走來，也不過是相遇不識的結果。我只是證明，沒有什麼值得耗盡所有去追求。」

「你說的或許有理……」蒼直視著他的眼睛，那雙終日迷茫空洞的眼睛，這一刻清明透澈：「然而要是你錯了呢？你不是她，憑什麼說這些話？你根本不懂……」

「你知道我活了多久嗎？」青鱗大聲笑了起來：「什麼樣驚天動地的情感，什麼樣毀天滅地的自私我沒有見過？美其名曰情，不過就是個藉口！為了自己的目的，編造得冠冕堂皇的藉口。」

「原來，我們想的不同。」蒼的眼眸又黯淡了下來：「活得再久又有什麼用處……你只是為了證明這些，你就是為了這些嗎？」

「我可以放過她。」青鱗看著他說：「只要你告訴我，是誰使用了上古鎖魂陣，只要告訴我那個人在哪裡就可以了。」

「什麼陣？我不知道……」

「你真的不知道嗎？你應該早就死了，之所以魂魄凝聚不散，還能有這樣強烈的靈氣，是因為有人使用了上古鎖魂的法術列陣鎮住你的魂魄。這種陣法，我以為早就無人懂得使用，沒想到這個時候卻又見到了。」青鱗微笑著說：「能到這個程度，非但需要陣形完備，還要使用上古神文，這樣的人，我真的很感興趣！」

「你要殺了這個人。」

青鱗一愣。

「你不就是這麼想的嗎？」蒼淡淡地說。

青鱗收住笑意，目光深邃地望著他。

「我會好好想想。」蒼轉過了身。

「你到底要不要我救她？」

「救吧……傷心地死……還是不好……」

2

青鱗跟著蒼上樓，床上的趙玉清已經沒了氣息。

「疏影。」青鱗走到床邊，看著床上咽了氣的趙玉清，笑著問：「妳怎麼這麼狼狽啊？妳不是對我說，我會後悔的嗎？這一次，妳總是比我先後悔了吧。」

他的手在空中虛劃了幾下，然後食中兩指按在了趙玉清的額頭。隱約閃過光芒後，趙玉清立刻又有了呼吸。

「她……沒有活……」站在青鱗身後的蒼皺著眉說。

「也還沒死。」青鱗收回手指：「我暫時把她的魂魄封在身體之中，只要你帶我找到那個人，我自然會再施法救活她。」

「為什麼要找那個人？」

「也許只是因為好奇。」青鱗勾起了嘴角。

「我不大記得了……」

「沒關係，你慢慢想，我不著急。」青鱗回頭看了躺在床上的趙玉清一眼：「可是只要你一天沒有想起來，她就一天是這個樣子。你要是想救她，還是盡快想起來比較好。」

「是嗎……」

「是啊。」

「要是我想不起來……」

「總會想起來的。」青鱗笑著說：「你放心，我的耐心向來很好。」

他轉頭朝著窗外說了聲「來」，空中有黑影由遠及近，最後停在窗外。

「走吧。」

「去哪裡……」蒼看著四匹毫無聲息地停在半空的拉車駿馬，以及無人駕駛的精美馬車。

「當然是我看得到你的地方。這樣，你一想起來，隨時都可以告訴我。」青鱗先上了車：「放心吧，你走了以後，這裡的一切都不會有太大的改變。」

月色裡，他朝蒼伸出了手。

右手，掌心有著炙痕。

他也有……蒼下意識在袖中握緊了自己的左手。

和我一起走吧……

「和你一起……要去哪裡呢？」

「天城山。」

天城山。

「夫人，山主回來了。」梳著垂髻的丫鬟在門口稟告。

「回來了？妳快過來幫我梳頭，我們這就過去！」

「聽服侍山主的露珠說，山主這次還帶了個人回來。」丫鬟接過梳子，替她梳起頭髮來。

「人？什麼人？」妝檯前，正在描眉的美麗女子急忙轉身問道。

「這就不知道了，不過聽說那人要住在攬月宮裡，山主還派了身邊的人去服侍。」

「攬月宮？」女子一愣：「妳見著人了嗎？」

「我匆匆回來，沒有見著。」

「又是哪裡來的花精狐妖！」女子啐了一口，臉色陰沉下來：「至多不過是個媚人的小妖精，得不了幾時的好。別管了，妳快幫我打扮，可不能讓那蝶妖搶了先！」

「攬月……」蒼抬頭看著屋前的匾額。

這樣的深山裡，居然還有這麼一座雲霧繚繞的宮殿……

「這裡什麼都不缺，你就安心地住下。等你什麼時候想起那個列陣的人是誰，我就什麼時候幫你救活那個女人。」

青鱗一身華麗的墨綠衣飾，金色長針盤起了長髮，暗金色的綬帶從鬢邊垂落下來，完全是一副帝王似的打扮。

「不過，你最好記得，那個女人和你可不一樣，要是過了幾十年你才能想起來，恐怕也沒多大用處了。」

蒼回眸望了他一眼，傲然冷漠。

青鱗心中一動，隱隱覺得像是在什麼地方見過……這種目光……

「山主。」

青鱗轉過頭去。

「恭迎山主回宮。」站在一列侍女前方，穿著五彩紗衣的美麗女子朝他盈盈行禮。

「嗯。」青鱗點了點頭，絲毫不假以辭色。

「玥瑛聽說山主回來了，一時忘形就趕了過來，還請山主不要怪罪。」一邊說著，一邊偷偷抬眼看著背對著他們的那人。

原來山主帶回來的……是個男人啊！

「玥瑛，妳不是來見我的嗎，這又是在看什麼呢？」青鱗擋住她的視線，揚起了笑容。

這不知是喜是怒的一笑，讓她心裡慌亂起來：「山主，我……」

「山主！」

轉眼又來了不少人，蒼收回了看著匾額的目光，抬腳走進了隱於雲霧深處的宮殿。

青鱗目送他的背影被霧氣掩去，微微皺起了眉。

「山主！」匆匆趕來的女子嬌笑著走到了他的身邊：「聽說你這次回來……」

「看來是我太放任了。」青鱗微不可聞地嘆了口氣。

燦爛的笑容一下子僵在了嫣紅的唇邊。

「霞衣不敢！」趕來的霞衣一邊低下頭，一邊斜眼瞪著身後的玥瑛：「霞衣無心要惹山主生氣……」

好妳個蝶妖，什麼事總是搶在前頭，這個時候倒是啞了。

「惹我生氣？」青鱗挑起她的下巴：「妳覺得我在生氣嗎？」

大廳頓時安靜無聲，所有人都恭謹地垂下了頭。

「都學乖些，做事要有分寸。」青鱗摸過沒了血色的美麗臉蛋：「別惹我心煩。」

霞衣心裡一怕，知道他不知是為了什麼，正氣得厲害。

看著眼前噤若寒蟬的眾人，青鱗冷冷淡淡地笑了。

蒼站在琉璃瓦的屋頂上，抬頭看去，天上月色蒼茫。

夜風吹來，衣袂翻飛。他閉起了眼睛，覺得心裡有一個地方，總是又苦又澀……

忘記了那麼多，為什麼還是這麼苦、這麼澀？鎖魂……為什麼要留下這沒用的魂魄？

「你就是山主帶回來的人？」

他睜開眼睛，眼前站著一個美麗女子。

「你為什麼在我的屋頂上呢？」玥瑛微笑著問，心裡卻很吃驚。她從來沒有見過這樣高貴傲然的人。

蒼看了看自己腳下，發現自己不知什麼時候站在了不認識的地方。

「請等一下！」玥瑛看他要走，急忙喊住他。

他停下了腳步。

「我叫玥瑛，你叫什麼名字？」

「蒼。」

玥瑛好奇地追問：「山主他為什麼把你……」

「山主……」蒼想了想：「是誰？」

「不是山主把你帶回宮的嗎？」玥瑛一愣。

蒼沒有回答，只是抬頭看著天上的明月。玥瑛好奇地盯著他看，蒼一個回頭，四目交接，她的心怦然一跳。

「玥瑛……」蒼拖長了聲調。

「是！」玥瑛忍不住有些緊張。

「妳是不是覺得我很美麗？」蒼冰冷的手指摸上了玥瑛溫熱的臉龐。

玥瑛就像中了迷魂的法術，只能呆呆地點頭。

蒼朝她緩緩一笑，一寸一寸地接近。玥瑛只看見那張美麗的面容靠得越來越近，她的心越跳越快。

「只有兩千年……也好。」蒼在她耳邊輕聲地說：「抓到妳了……蝴蝶。」

她隱約覺得有哪裡不太對勁，卻聞到了蒼身上散發出來的氣味。淡淡的香氣讓她的神智更加混亂，不由得閉上了眼睛。

有些冰冷的嘴唇貼了上來，她渾身一震。

像是有光芒閃過，那唇瓣輕觸後就離開了。她迷迷糊糊地睜開眼睛，只看見這個叫蒼的人捂住了自己的左手，一臉困惑。

「你在我的地方，對我的女人做出這樣的事來，是不是應該先通知我一聲呢？」

像是有一盆冷水從頭頂澆下，這個聲音讓玥瑛徹底地清醒了過來。

她駭然回頭，看見墨綠色的身影站在另一邊的飛簷上。月光下，那張俊美的臉上帶著淡淡的微笑。

「山主！」玥瑛面如死灰地跪了下去。

「你……」蒼抬起頭，看了他一眼。

「青鱗。」青鱗走上前，臉上笑容更淡。

「嗯……」蒼轉過身。

「你要去哪裡？」

「睡覺。」蒼回答，然後像是想起了什麼，蹲下身子，問跪在那裡的玥瑛：「妳沒事吧……玥……玥瑛……」

玥瑛嚇得說不出話來，向後移動，想要離他遠些。

「小心。」看她像要摔下屋簷的樣子，蒼好心地伸手把她攬進懷裡：「別摔著了。」

玥瑛嬌弱無力地依偎在蒼的懷裡，那幅畫面協調美麗，有如畫卷。

青鱗冷冷地哼了一聲，玥瑛急忙從蒼的懷裡掙脫出來，一徑地低著頭發抖。

「玥瑛？」蒼不明白地看著她：「我剛才是不是……」

「沒有！剛才什麼都沒有發生！」玥瑛一下子撲到了青鱗腳下，拉住青鱗衣衫的下襬哀求著：「山主你要信我！剛才我真的不知道是怎麼了！這個人……這個人他一定對我施了法術！不是我願意的，真的……」

「真的嗎？」青鱗低頭看她：「我看不太像啊。」

「我真的沒有……」

「玥瑛……」蒼不明白地看著眼前這一幕。

「難得他記得住妳的名字。」青鱗伸手勾起她的臉龐：「妳真是有本事，一下子就把他引誘得神魂顛倒了。」

他的目光深邃，手上的力道也大了起來。

「青鱗……」微涼的觸覺碰上了青鱗的手背。

「青鱗。」蒼修長的指尖放到了他的手背上，朝他微微一笑：「放開她，好嗎？」

青鱗冷笑一聲，鬆開手，冷冷地對玥瑛說了聲：「下去吧。」

玥瑛早就嚇得魂不附體，聞言急急忙忙隱去了身形。

屋頂上，只剩下他們兩人。

「你看上她了？」青鱗問蒼。

「看上……什麼是看上了？」

「你不是看上她，為什麼又要吻她？」

「吻嗎？」蒼想了想。

冰涼又柔軟的感覺印到了青鱗的唇上，輕柔輾轉……青鱗忙不迭地推開他。

「刻印？」蒼看著他右手不停滲出的鮮血。

青鱗的面色變了幾變。

「你是別人的啊……」蒼似笑非笑地看了他一眼。

青鱗的臉色越發難看起來。

「很痛吧。」蒼拉起他的手，隔著自己的衣袖，輕輕地按住他的傷口。

青鱗想要抽回手。

「別動……」蒼拉著他的手：「你不要用法力壓制，過一會兒就會好了。」

「蒼……」青鱗任他拉著自己的手。

「嗯？」

「你為什麼會知道這是別人的刻印？又怎麼知道不能用法力壓制？」

「這個啊……」蒼側過頭，笑得有些茫然：「我忘了……」

「那你想起是誰用上古鎖魂陣封住你魂魄的嗎？」

「對啊，是誰呢……」

「這裡……都沒有梅花……」他輕聲地說。

「是啊！山主討厭梅花，所以整座天城山都不許種植梅花。」侍從回答他：「已經有一百多年了。」

他停下來，像是在發呆。

在哪裡呢？那東西……一定是被藏在這裡的某個地方了。

「蒼公子。」跟在他身後的侍從喊住了他：「再走過去就是逐雲宮了，那是山主的居處，不能亂闖的。」

「逐雲宮？」他看了一眼，只在牆外看見了宮簷的一角。

「是，山主的居處，沒有召喚，不得擅自靠近。」

「梅花……」風裡，突然傳來了淡淡冷冽香氣。

「蒼公子！」侍從來不及阻攔，就看見他乘著風，飄飄蕩蕩地進了逐雲宮的高牆。

季節與自然在這裡像是被完全打破了，不同季節才能見到的花卉開滿了整座宮殿。白梅！蒼落在花園中唯一的那株白梅邊，伸手撫過枝椏糾結的樹幹。

「不對……」他喃喃自語地說道：「不在這裡。」

轉身要走的時候，突然心頭一陣翻湧，讓他忍不住停下了腳步。他回過頭，遠遠看著宮牆之外的某個方向。那裡有什麼……

「蒼公子！」

他轉過身去，看見了追趕而來的侍從。

「蒼公子！」侍從緊張地說：「我們快走吧！要是被山主知道你進了逐雲宮，連我也要受罰的。」

蒼被拉走時，又回頭看了一眼那株半枯半榮的梅花。

皓月當空，蒼又翻進了逐雲宮的花園裡。

他在梅樹邊停了下來，卻只是一動不動地看著梅樹，許久也不見有什麼動作。

過了很久，他才蹲下身子，用手輕觸著梅樹周圍的泥土。

是移來的不錯……可是，怎麼會沒有……

他忽然站起來，一個轉身閃到了樹後陰影裡，抬頭往天上看去。

明亮月光之中，有人影翩翩從天上而來。

那人停在了園中的小徑上，然後慢悠悠地走進了觀景亭裡，不緊不慢地欣賞著庭院的景色。

四周一片安靜，只有那人手裡的扇子扇動時發出了輕微的風聲。

對方背著光，蒼看不太清他的樣子，只看見他穿了一件天青色的衣服，手裡拿著一把玉骨的摺扇。

「真是稀客。」

蒼循聲看去，看見青鱗從另一邊走了過來。

「好久不見了。」那人輕笑了一陣，面朝青鱗的方向行了個禮：「見過北鎮師……啊！不，應是稱作山主大人了！萬年不見，大人如今威風八面，統御天下萬妖，一如昔日光彩照人，實在是讓我……」

「你就省了這套說辭吧！」青鱗臉上沒有了笑容，頗有幾分敵意地朝那人說：「你來我這裡做什麼？」

「噯！我們怎麼說也是多年摯友……」

「摯友？我可不敢當！」青鱗走到了離那人還有一段距離的地方，就停下不再前進：「七皇子如此人物，我怎敢高攀？」

「你的氣到今天還沒有消啊？」被青鱗稱作「七皇子」的那人搖著扇子說：「算起來有一萬三千年了，你還是一樣喜歡記仇呢！」

「難得你還記得我們有仇。」青鱗哼了一聲：「你居然還敢出現在我面前，就不怕我和他聯手除了你嗎？」

「不怕！」「七皇子」高聲笑道：「因為就算你肯，他也不肯的。要看到他和別人聯手，簡直比看見他笑還要難得。」

「廢話少說！」青鱗陰沉著臉：「你別以為我不和你動手是怕了你，你當年做的事，我可是時時刻刻記得清清楚楚。」

「不過是個無傷大雅的玩笑，早知道你開不得玩笑，我就不那麼做了。」

「玩笑？真是無傷大雅……」青鱗瞇起了眼睛：「不如你現在就讓我把這玩笑給開回來。」

「哎呀，你還是一樣愛生氣。」那「七皇子」敲擊著手上的扇子：「我這次來，只是要和你借一點東西，你這麼生氣，我怎麼好意思開口？」

「不借。」青鱗淡淡地說。

「我都還沒說要借……」

「不論你要借什麼，我都不借。」青鱗也笑了：「上次你找我『幫個小忙』，結果讓我落到了這種下場。這回要是把我的命也借去，我還能找誰算帳？」

「那是意外，我也沒想到啊！再說，你也不是一無所獲嘛！這樣吧……只要你借我，我就告訴你剩下的那一半……」

青鱗的眼睛閃過了一絲光亮。

「要是你再暗算我一次怎麼辦？」青鱗問他：「憑什麼讓我信你會遵守承諾？」

「你我立下血誓，若我不遵守諾言，自然要命來償。」

「慢著！」青鱗冷冷地問：「我吃了你一次大虧，還敢冒險嗎？先說說你要借什麼。」

「龍、鱗。」那人一字一字說道。

「我沒那種東西！」青鱗臉色都變了，轉身就走。

「這麼急著走做什麼？」那人也不著急，慢吞吞地說道：「難道你真不想要那另一半的……」

話沒有說完，拖了長長的尾音，卻也成功地拖住了青鱗離去的腳步。

「你要那個做什麼？」過了一會，青鱗背對著他，聲音低沉地問：「你怎麼會找我來要？」

「我們兩個本就是半斤八兩，你心裡的念頭我總猜得到一二，你以為我真不知道嗎？」「七皇子」搖著扇子，平靜地說：「再說，要不是你當年留了後手傷我，我怎麼會直到今天才來要這龍鱗？」

「你要多少？」

「你知道的，我來要龍鱗，自然是要大衍之數。」

「這麼多……」青鱗霍地轉過身來：「你瘋了不成！」

「我哪裡瘋了？」

「你其他東西都集齊了？」青鱗的眼中流露出懷疑的神情。

「這就不用你操心了。」那人啪的一聲收起了摺扇：「不過是幾片龍鱗，你不是多得很嗎？你好好想想吧！」

臨走時，他像是無意地朝蒼的方向看了一眼：「你這裡真是不錯，堪比帝王，我看了，都覺得羨慕啊！」

說完，駕雲而去。

蒼終於在他轉身的時候看清了那張臉。溫和爾雅，翩翩風度……

「喀！」蒼手裡一緊，折斷了一根細枝。

「你要在那裡站到什麼時候？」青鱗轉過身子，朝他站著的方向說，也沒什麼驚訝，顯然早就知道他站在那裡了。

蒼想了想，走了出去。

「你這麼晚在這裡做什麼？」青鱗看見他手上拿著的梅枝，瞇了瞇眼。

「鱗……」蒼的目光有些凝滯。

青鱗不動聲色地問：「你想說什麼？」

「不……沒什麼……」蒼看他一眼，沉思著就要走開。

「等等！」青鱗喊住了他：「你還沒有告訴我，你怎麼會出現在這裡？」

「這裡？」蒼四處看了一下：「我不知道……」

「不知道？」青鱗點點頭：「是不是又忘了？」

蒼再看看他，臉上的神情十分無辜。

「你有什麼東西不忘的？」青鱗笑著，笑意卻沒有達到眼裡：「我看你能忘到幾時？」

蒼走了兩步，又回頭說：「我這次記得……你叫青鱗……」

青鱗面無表情地看著他。

「青鱗……」蒼低下頭，轉動著手裡的梅枝，囈語似地問：「你可有情？」

「情？」青鱗看著兩人身後的梅花：「什麼情？」

「生死相許……」

「生死相許這一類的事情，也就是面對生死，才會想要相許。」青鱗目光深邃地望著他：「你不覺得，所謂愛，遠沒有恨來得深刻久遠嗎？」

「要是有人愛你……」

「永遠比不上被人記恨！」青鱗接著說了下去：「愛始終是無法維持長久的情感，卻到處是永生不忘的仇恨。」

「是這樣嗎？」蒼側頭想著：「是被記恨比較好……」

「對我來說，是這樣的不錯！」青鱗仰頭望著天上的明月：「縱然朔風不摧殘，可是花木過了時節，始終還是要謝的。絢爛時死，就比不過凋零時落嗎？」

「真殘忍……」蒼迷離一笑：「這樣殘忍，你卻還是有道理的……」

愛和恨……這是殘忍還是慈悲……

「肝腸寸斷……你可懂得？」蒼淺笑著問：「只是聽說情到深處，能夠無怨無悔……」

「我沒有見過。」青鱗搖了搖頭。

「真的沒有嗎？」蒼定定地看著他：「從沒有人愛過你嗎？你真的沒有被真心地愛過嗎？」

青鱗目光一閃。

「有人告訴我，不論是誰，總有一個值得愛、值得等的人。你也有吧！只是你和我一樣，都忘了……」他把手上折斷的梅枝遞給了青鱗。

青鱗皺起了眉。

月光下，蒼伸出了左手。他的掌心已經裂得不成樣子，卻沒有鮮血流出。

梅花從手心裡滑落。

青鱗站在原地看著蒼走遠，過了很久，才彎腰撿起了落在地上的梅花。

不論是誰，總有一個值得愛，值得等的人？聽起來就是個笑話。

他一邊笑，一邊翻過自己的右手。

笑容最終還是沒有能維持多久。

「傅雲蒼……」明明模樣毫無相似之處，怎麼總覺得像是那個凡人……

怎麼會是他呢？他早就不該存在了。就算他是傅雲蒼……

怎麼可能？難道說，是寒……可他應該不擅長列陣之術，也沒有理由在傅雲蒼死後把他的魂魄困在鎖魂陣裡。

何況他雖然給了傅雲蒼守魂琉璃，但他說那只是受人之託。

他向來不屑說謊，那到底是誰？

3

「我長久冷落妳們，妳們心裡有沒有對我不滿呢？」青鱗懶洋洋地問著站在面前的玥瑛和霞衣。

「沒有！」

「怎麼會呢！」

兩人異口同聲地回答。

「是嗎？」青鱗點頭：「妳們心裡真是愛著我的？」

「那當然了！」兩人一起說完，互看了一眼。

「如果我不是山主，只是個普普通通的妖，妳們可還是愛我的？」青鱗又問。

這問題聽來奇怪，兩個人被問得愣住了。

「山主真是愛開玩笑……」霞衣硬著頭皮笑了起來：「山主怎麼可能是普通的妖呢？」

「會嗎？」

「當然是會的。」玥瑛在一旁回答。

「我也會！」霞衣心裡暗恨又被搶了先。

青鱗用一種奇怪的目光看著她們，看得她們底下了頭，青鱗才開口：「要是為了我，妳們做什麼都願意吧？」

「是……」

「如果要妳們為了我去死呢？」

兩人一聽，腳都軟了，齊聲說：「山主恕罪！」

「不知我是做錯了什麼，山主居然……」霞衣已經哭了起來。

「回答問題就好了，這麼怕做什麼？」青鱗冷笑一聲：「我也沒真讓妳們去死，別動不動就朝我流眼淚。」

「山主，我知道是我不好，我……願一死以謝山主……」玥瑛低下頭，咬著牙說。

青鱗看著她紅潤美麗的雙唇，手指不經意地撫上了自己的唇瓣。

「啪！」下一刻，玥瑛就被打飛了出去。她倒在地上，臉上指印宛然，嘴角流著鮮血，已經昏了過去。

霞衣朝後看著，心裡暗笑，卻也有點害怕。

「現在，回答我就好。」青鱗抬起眼睛：「我要聽真話，霞衣，妳可要想好了再答。」

本該脫口而出的答案在嘴邊繞著圈，不知怎麼就是吐不出來。

「我就說……」青鱗笑了，揮了揮手：「下去吧。」

「山主，我對山主……」

「我讓妳下去！」

「是！」霞衣怎麼敢和他爭辯，急忙退下了。

青鱗……就算你是妖，我也會和你在一起……

青鱗站了起來，面對攬月宮的方向……同一時刻，蒼也正遙望著逐雲宮的方向，皺眉沉思。

「龍鱗……」自從昨夜聽到那一席對談，就有什麼東西在他腦子裡繞來繞去。就是這個詞……龍鱗！

怎麼就是想不起來了……很重要……

白影閃動，蒼又一次飄進了逐雲宮的高牆。

這一回，他沒有在花園逗留，而是直接前往角落一座不顯眼的屋子。推開門，冷冷的月光灑在地面上，空氣中瀰漫著一種詭異的氣味。

屋內空無一物，只在正中間擺了張椅子，上頭隱約散發著朦朦朧朧的光芒。

蒼看了看四周牆上用金砂繪製的符咒，微微一笑。

青鱗猛地睜開了眼睛。他翻身從床上坐了起來，幾乎是腳不著地往外飛去。花園角落的屋裡，門敞開著，原本列陣的符咒碎了一地，椅子上什麼也沒有了。

「傅雲蒼！」青鱗眉一抬，面色難看至極：「原來你打的是這個主意！」

他轉頭看著明亮的夜空，咬牙切齒地說：「我看你們能逃到哪裡去！」

蒼正在夜空裡飛行，低頭看了看自己手裡的東西，還是忍不住嘆了口氣。

然後，他像是聽到了什麼……

回頭看去，雲霧裡，隱約能看到宮殿的輪廓，還有……他追來了！

蒼衣袖一展，加快了速度。

洛陽，洛陽候府。

「你們找誰？」門被拉開了一條縫隙，來開門的家僕面色不善地看著這兩個半夜來訪的人。

「我們是來找洛陽侯的。」其中之一這麼說。

「大半夜的，我們侯爺已經休息了，明天再來！」

「等一下！」另一個人伸手擋住了家僕關上大門的動作：「見不見他沒關係，你讓我們進去就行了。」

「你們是什麼人？」家僕看這兩個人怪裡怪氣的，心裡不免有點害怕：「夜深了，我們不便招待，你們還是明天天亮了再來吧！」

「我怕天亮就來不及了！」擋住門的那人穿了一身黑衣，看起來有些強橫霸道：「你讓不讓我們進去？要是不讓……」

「惜夜，別這麼無禮。」第一個開口的人穿了一身白衣，雖然遮著臉，可聽聲音要和善許多：「這位大哥，我們真的有緊要的事要辦，還是麻煩你通報洛陽侯一聲，就說……我是他夫人的長輩，特意從遠處趕來的。」

「夫人……」家僕懷疑地打量著他們，猶豫了一會才說：「那你們在這裡等等，我試著幫你們通傳一下好了。」

「多謝大哥了。」那人禮貌地說。

「怎麼這麼麻煩，要是我……」惜夜看著被關上的大門，不耐煩地說。

「惜夜！」

「好！我不說了！」惜夜舉起雙手：「總之，這是那隻鬼惹來的麻煩，等解決了以後，我會找他算帳的！」

「你好像真的不喜歡他。」白衣的無名輕聲嘆息著：「當初把他帶回來的是你，你也說覺得他有趣。按說大家後來更是相處了不少時光，現在怎麼會變得討厭呢？」

「你不覺得他很討厭嗎？」惜夜跳到一旁的鎮門石獅上，翹著腳坐在獅背上：「起初我是覺得他有趣啊！可是後來越來越覺得感覺不對，那隻鬼越看越討厭！雖然想想他也沒做什麼過分的事情，可是真的很讓人討厭……特別是那張臉……讓我想狠狠打他一頓，才不覺得窩火！」

「蒼啊，是一個愛恨分明的人，雖然看起來整天渾渾噩噩的，不過，他或許比你我更加清醒地看待著一切。」無名側著頭想了想：「他本性高傲，因為受了極大的打擊，心裡難以承受失敗，才會把自己逼成了那個樣子。」

「不瞞你說，你說的這些，我還真是一點也沒有看出來。」惜夜輕哼了一聲：「你看他那個前說後忘記的樣子，還說他清醒？」

「他不是真不記得了，只是不想去記。」無名微笑著說：「要遺忘過去，才能保護自己。驕傲的人，都活得十分辛苦啊！」

惜夜搖了搖頭，臉上有一絲淡淡的苦笑。

這個時候，門打開了。門內站著的，是洛陽侯俞韜。

「見過洛陽侯。」無名朝他拱了拱手：「深夜到訪打擾了侯爺，還請恕罪。」

「你說你是內人的長輩，可是我內人趙氏在這世上已經沒什麼親人了，你們究竟是什麼人？」俞韜狐疑地從這個站在眼前的白衣人看到那個坐在石獅子上的黑衣人。

「我和侯爺夫人雖然從未謀面，可是我和她的父親有一面之緣。」無名溫溫和和地說：「我這次來，是受人之託，前來看望她的。」

「大半夜來看望我的夫人？」俞韜不悅地說：「還遮遮掩掩，不以真面目示人，你叫我怎麼信你？」

「這個時間打擾是因為事出突然，至於我為什麼戴著帽子……」無名揚手制止就要發作的惜夜，拿下了自己頭上的紗帽：「是因為我形貌奇特，怕在路上行走不便而已。」

白衣、白髮，連膚色也白得出奇，又穿了一件白色的衣服。觸目一片雪白倒也罷了，銀白長髮裡偏偏又夾雜了一綹紅得似血的髮。

雖然他神情中的淡雅安逸，柔和了這種突兀，還是讓人覺得怎麼看怎麼詭異……

「在下無名，這是惜夜，還請侯爺准許我們這個時候去看望夫人。」無名笑著說：「聽說夫人最近有些異樣，我們正是為此而來。」

不知為什麼，這個叫無名的人像是有著安撫人心的力量，任你怎麼也不願意去懷疑他。

「請進吧。」俞韜只想了一小會，就做了相請的姿勢。

穿過梅林，趙玉清居住的小樓赫然在目。

「到了。」走到樓下，俞韜停下腳步：「這裡就是我夫人獨居休養之處。」

無名看著眼前被黃色符紙貼滿的門，訝異地問：「這是為何？」

「我懷疑我夫人不是病了，而是因為妖邪作亂。可惜請來的那些所謂高僧仙士，都是些欺世盜名的騙子，除了貼這些沒什麼用處的破紙以外，什麼也做不了！」俞韜忿忿地說：「還說什麼妖孽厲害，真是無恥！」

「也不一定……」無名看著符咒，輕聲地說：「人力畢竟有限。」

「什麼？」

「不，沒什麼，我們上去吧。」無名推開門，上了樓，也不用俞韜帶路，準確地停在了趙玉清的房外。

房內，趙玉清躺在床上，面色紅潤，看起來與睡著了無異。

「已經快一個月了，她都是這副模樣，大夫們說她一切正常，只是處於熟睡的狀態。」俞韜看著無知無覺的妻子，臉上的表情有些凝重：「我就說過，那鬼有問題，她偏偏還是要和那鬼纏在一起……」

「不是蒼。」

俞韜猛地回頭看著說話的無名。

「她這樣，並不是因為蒼對她做了什麼。」無名朝他微笑：「蒼雖然算是鬼魂，但不是惡鬼，不會傷人的。」

「你是說……你認識那個鬼！」俞韜後退了兩步，慌張地問。

「不錯，我認識蒼。」無名轉頭看向牆上的那幅寒梅圖：「那幅畫，本就是我親手畫的。」

「什麼！」俞韜越聽越心驚：「你來這裡做什麼？是嫌那鬼害得我們還不夠

嗎？」

「侯爺不必慌張，我們沒有要危害誰的打算，這次我來，就是為了幫助你的夫人。」無名補充著：「是蒼要我來的。」

「你什麼意思？」俞韜看他走近床邊檢視趙玉清，猶豫了一下，還是沒有攔阻。

「這中間曲折，一時難以向侯爺表明，還請侯爺諒解。」無名邊說，邊從懷裡取出一張金色符紙，貼在趙玉清胸前。

「果然……」無名看了半晌，突然掉頭回來看有些緊張的俞韜：「你也一樣……」

俞韜被他看得發毛，不禁咳了兩聲，移開了視線。

「咦？」轉眼，無名居然往他的胸口上貼了張符紙，俞韜吃了一驚。

「暫時別取下來。」

「這是幹什麼？」俞韜低頭看著自己胸口的符紙，驚訝地問。

「惜夜！」無名沒有回答他，倒是喊著靠在門邊，一臉無聊的黑衣人：「時辰到了，你去看看，他為什麼還不回來？」

只聽見黑衣人咕噥了兩句，一個轉身就不見了。

「侯爺！」

俞韜還在揉自己的眼睛，又聽到樓梯那邊有腳步聲和喊叫聲傳來。

「疏影！」他連忙三兩步衝到門邊，正好攔住了匆匆跑上來的女子：「妳來這裡做什麼？快回房去！」

「可是，我聽說……」卻在看見屋裡的那人時完全愣住了。

「掌燈仙子？」

俞韜回過頭，看見無名臉上帶著一絲訝然。

「連無瑕……」掌燈蠕動著嘴唇，無力地喊出了這個名字。

這時，蒼站立的位置，已經可以遠眺得到洛陽城的輪廓。

「你何必苦苦相逼？」他皺起眉，看著攔在他眼前的青鱗。

「我真是沒有想到，你居然也會用心機、耍手段了！」青鱗陰沉著臉：「你居然敢騙我！」

「我騙你？我怎麼騙你了？」蒼冷冷回望著他：「我什麼都沒有答應過你，是你自己決定了一切。」

「好！真是好！沒想到，變了鬼，你倒是聰明起來了。」青鱗一字一字地說：「你真是會作戲啊，傅雲蒼！」

蒼微微一愣。

「怎麼，別告訴我你真是忘了所有的事了！」青鱗笑了：「你難道真忘得了，你生前和我的海誓山盟嗎？」

「我和你？」蒼喃喃地說：「海誓山盟……」

雲蒼，和我一起走吧！不論天涯海角，不論時光流逝，我們都會在一起的。

「天涯海角，時光流逝……」蒼低下頭，輕聲地說著，換作青鱗一愣。

「能說不要就不要那該多好……」蒼抬起頭，困惑地看著他：「我已經忘了所有的事，我以為真的可以躲過……為什麼你還是要和我糾纏到一起……你為什麼就不放過我呢……」

「傅雲蒼，你別想了，就算你變成鬼，就算你的外表改變了，你還是傅雲蒼！」青鱗緊緊地盯著他：「我不管你是什麼神仙轉世，也不管你是不是真忘記了一切！你以為，你死了一次我就會對你另眼相看了？」

「天涯海角的距離還是太近了，根本容不下我們的仇怨。時光早就流逝了多年，對我們來說，卻像是從沒過完這一天。」蒼握緊了手裡的東西：「你果然說到做到了，天涯海角，時光流逝……」

「傅雲蒼。」青鱗朝他伸出了手：「跟我回天城山。」

「為什麼……就為了你想知道是誰列了鎖魂陣？」蒼嘲諷一笑：「你是不是想殺了那個人？你知不知道殺了他，鎖魂陣失效，我也就死了。」

「這些不用你管，你乖乖地跟我回去就是！」青鱗不耐煩地說。

「我死了，也不要緊嗎？」蒼的表情古怪起來。

「跟我回去！」青鱗伸手就要過來抓他。

「啪！」突然一道黑影破空而來，直往兩人衝來。

青鱗立刻推開像在發呆的蒼，反手一把抓住了那黑色的長鞭。

「哪裡來的小妖，居然……」話還沒有說完，風裡隱約傳來了一股讓他很不舒服的味道。

一凝神，就看見了一雙狹長上揚的眼睛。

這眼睛……這味道……

像是被火燒到一樣，青鱗急急忙忙甩開了手裡的鞭子，一退就退開好遠。

「你是赤——」他看著那個拿著鞭子在手上纏來繞去的黑衣男人，神情驚駭：「你還沒有死？」

「說什麼呢，你才死了！」惜夜白了這個莫名其妙的人一眼，轉身對站在一邊的蒼說：「喂！孤寒鬼，你怎麼盡在這裡和不相干的人說閒話？居然還要勞動我出來找你，你也太過分了吧！」

「青鱗，你還沒回答我。我死了，也不要緊嗎？」蒼不理他，只是一徑地看著後方的青鱗，固執地要得到答案：「你說啊！」

「傅雲蒼，你想要證明什麼？」青鱗的目光只是驚疑不定地看著背對自己的惜夜，心不在焉地說：「你死不死，和我有什麼關係！」

蒼的表情完全變了。

「孤寒鬼！你別擺這個死人臉！」惜夜一把抓住他的肩膀，認真地對他說：「醜死了！我最討厭你這個樣子！」

「我……我不知道……」被惜夜一罵，蒼臉上狠厲的神情頓時被茫然取代：「小黑……」

「不許你叫我小黑！」惜夜搖晃著他：「再叫我宰了你！」

「西……西……」

「什麼兮兮？孤寒鬼，你故意的是不是！」惜夜跳著腳，更用力搖他。

「不是……我……」目光越過了惜夜的肩膀，卻只看見了空蕩蕩的一片。「青鱗……」

「他走了。」惜夜停了下來，定定地看著他：「孤寒鬼……要哭的話，現在可以哭了。」

「哭？我為什麼要哭？」蒼低下了頭：「有什麼值得我哭的？」

「那你就別擺出一付被欺負的樣子，記得在無名面前也要死撐到底！」惜夜敲了一下他的頭，被那種實質的感覺嚇了一跳。

突然打得到了，真是不習慣……

4

「仙子，好久不見。」無名牽動嘴角，卻有些笑不出來。

要不是這個人，自己和他之間……

就算知道她只是被利用的，還是覺得不太舒服。

「你……」掌燈有些慌亂：「你怎麼會……」

「人生聚散，本就平常。我只是在驚訝不過百多年的時間，又能和仙子在俗世相遇而已。」無名看了看她，又看了看俞韜：「仙子和洛陽侯……」

「你怎麼認識疏影？你喊她什麼？」俞韜疑惑地問，總覺得自己聽見了什麼古怪的對話。

「疏影？」無名皺了皺眉，回頭看著床上的趙玉清：「疏影不是她嗎？」

「連無瑕！」掌燈咬著自己的嘴唇：「你別亂說！」

「疏影，妳也認識他？他不是叫做無名嗎？你們兩個怎麼會認識？」這廂俞韜還在追問，冷不防被掌燈衣袖一揮，整個人暈倒在了地上。

「仙子，妳變了許多。」無名仔細地打量她。

記得百多年前初見，她還是天上仙女，渾身上下滿是自傲。可現在看起來，就像是被磨盡了光華的寶石，雖然容貌如昔，卻再也沒有半絲傲氣。

「怎麼不是呢？」掌燈也看著他：「我早就不是什麼仙子，你也用不著喊來諷刺我。」

「抱歉。」無名垂下眼睫。

「你怎麼……變成了這個樣子？」掌燈咬了咬嘴唇：「是不是為了他……」

「妳當年也親眼目睹了一切，我和他之間，已經緣盡情絕，自那以後，再也沒有見過。」無名抬起頭，不無憂慮地說：「反倒是妳為什麼會成了這個樣子？

妳的身上，被下了……」

「刻印是吧！」掌燈自嘲地說：「反正我已經墮入魔道，變成什麼模樣又有什麼關係？」

「刻印的主人……」

「青鱗山主，萬妖臣服。」掌燈撩起額頭的瀏海，露出了青色的鱗片：「他把我從界陣中放了出來，還庇護我不被上界追殺，作為回報，我成了他的下臣。」

無名低聲地嘆了口氣。

「你大可不必如此，我變成這個樣子，完全是自作自受。」掌燈垂下手。

「有誰不曾做錯事呢？」無名微微一笑：「何況，我知道妳的本意並不是想傷害誰，我也能理解，妳為什麼要那麼做。謝謝妳，掌燈！要不是妳……我也遇不上他。我已經想不出來，要是我沒有遇上他，會有怎樣的人生。」

「那些事都過去了，我不想再談！」掌燈彆扭地說：「你來這裡做什麼？要知道，這裡的一切本就是青鱗布下的局，你不過是個凡人，摻和進來一點好處也沒有。」

「現在說這些，恐怕為時已晚了。」無名搖頭：「命運本就由不得妳我。」

「你這麼說，是你根本不知道他是個多麼可怕的人。」掌燈瞪著他，覺得他還是和以前一樣不知死活：「你知不知道他是什麼人？他雖然統御萬妖，可他本身並不是妖物。傳說他是上古時的遺族，擁有現在的仙魔遠遠不及的法力。何況他喜怒無常，你真得罪了他，後悔也來不及，到時可別怨我沒提醒過你。」

「妳就不用為我擔心了。如果沒有了刻印，妳打算怎麼辦？」無名看了看躺在地上的俞韜：「妳是不是真的想和洛陽侯廝守一生呢？」

「和凡人廝守一生？怎麼可能！何況，他心裡愛的也不是我。我分得很清楚，我只是扮成了他理想中的對象，他愛的始終只是『疏影』，而不是『掌燈』。我又怎麼可能還去愛上不該愛上的人，再吃同樣的苦頭？」

掌燈神色複雜地看著失去知覺的那一對人：「不論結果如何，青鱗其實都算不上贏家，在這兩人的心裡，還是很在意對方。能斷得乾乾淨淨的，又怎麼能說是宿世的前緣？他要證明這世上沒有歷經輪迴不改的情感，終究只是一廂情願的想法罷了。」

「那妳對他……還是沒有忘情嗎？」無名的臉上有一絲憂鬱。

「不要以為，這世上只有你一個人知道『情』這個字是怎麼寫的！」掌燈看著他，語氣尖銳：「論起執著和犧牲，我承認比不過你，所以輸給你我也認了。可是，承認是一回事，你沒有權利要求我忘記他。我雖然被人利用了來傷害他，到現在還是很後悔，但我從不覺得我愛他是什麼錯誤。」

「妳沒有錯，我和妳誰也沒輸誰也沒贏。其實我們兩個都一樣，遇上了一個說愛也難、說恨也難的人，亂了方寸，失了平常的心。」無名用手撫過自己一夜之間變得雪白的頭髮：「只是得而復失……」

那個無情的人啊！

「看起來，你像是認識那個法力高強的鬼。他已經被青鱗帶走，好像有什麼糾葛或者協訂。」掌燈不再看著他雪白的頭髮，轉移了話題：「我說了，你大可不必蹚這淌混水。」

「事情遠比妳我所知道的要複雜得多。」無名出人意料地回答：「蒼既然要求我來這裡，一定有他的理由。不管那個青鱗有多麼可怕也好，既然我答應蒼要幫助他，自然不會言而無信。」

要是有一天，我要你幫忙，你能不能什麼都不要問，只管幫我呢？

「那隨你！」掌燈看他根本聽不進勸，轉身就走。

「請等一下！」無名喊她。

她停了下來，看見無名從衣袖裡拿出一張符紙，咬破指尖在上面書寫了什麼。

「這個給妳。」無名迅速寫完，並把符紙遞了過來。

「這是什麼符？」掌燈接過來看了，上面都是連她也看不明白的文字。

「這道符可以破妳身上的刻印，此後，妳可以不受制於人。」

「你怎麼會懂……」

「別管我為什麼會懂這些。」無名打斷了她：「妳身上帶著這道符，可以暫時遮擋刻印一段時間，但給妳下刻印的人力量實在太強，一旦過了時限，符還是會失效。如果想永遠擺脫刻印，只有兩種方法：由他為妳解開，或者把這道符燒化吞下。不過，吞下了符，將會法力全失，變成凡人。」

「變成凡人……」掌燈驚愕地看著手裡的符咒。

「我知道妳並非心甘情願為他所用，一旦變成凡人，上界也不太可能再尋得到妳。我言盡於此，如何取捨，妳自己決定吧！」

「連無瑕，你為什麼肯這麼幫我？」掌燈盯著他：「難道你忘了，要不是我，你也許還和他一起生活在長白山上，而不是變得這人不是人、仙不是仙的樣子。」

「莊周夢蝶還是蝶夢莊周，是一個不會有答案的問題，問來問去也沒什麼實質的意義。我只知道，我認識的掌燈仙子，是一個敢愛敢恨、知道自己要什麼也會努力爭取的人。第一眼見到妳的時候，我就知道，妳是個渾身傲骨的人。像這樣的人，還是適合沒有拘束地活著吧！」

「傲骨……」掌燈的目光移到了牆上的寒梅圖和昏迷的趙玉清身上，像是想到了什麼：「原來我看起來就是一付死不認輸的樣子，怪不得青鱗說什麼要磨了銳氣、折了傲骨才好……也許他就是因為這個……」

說到這裡，她不知道為什麼突然笑了出來。

「原來，一個兩個，都是這樣的！」她看著無名，搖頭說：「真是活該！」

這次，她再沒有逗留，毫不留戀地走了。

無名卻深思地皺起了眉頭。

他大致知道掌燈走時說的話是什麼意思，可他不是那麼認為的。至少，掌燈誤會了青鱗和這個「疏影」的關係，以為青鱗求之不得，所以蓄意報復，但他不這麼想。

「梅花……銳氣……傲骨……」他抬起頭，正看見月色下漸漸接近的身影：「蒼……」

「無名。」蒼從窗外進來，伸手摟住了無名，把頭靠在他的肩上。

無名沒覺得什麼，反倒是一旁的惜夜呱呱大叫起來：「你做什麼！」

「怎麼了？」無名用目光制止惜夜，抬起手拍了拍蒼的肩膀。

「沒什麼，我只是有些累了。讓我靠一下吧。」蒼閉著眼睛說：「你的身上很香，這花香能讓我舒服一些。」

「你想靠就靠吧。」

惜夜朝他翻了個白眼，覺得他完全就是個無賴鬼。

「無名……」過了片刻，蒼輕聲地說：「要是你……該多有好！」

「什麼？」無名不是很明白地問。

「沒什麼。」蒼抬起頭，退離了他的身邊：「我只是覺得，現在才遇上你，實在是一件很令人遺憾的事。」

「為什麼呢？」無名問。

「因為心只有一顆，也不是說怎麼樣就能怎麼樣的。」蒼笑了，去看靠在一旁的惜夜，不意外地看見了他也正在笑著。

無名被他們笑得一頭霧水。

「好了，我們不要耽誤時間了。」蒼翻開掌心：「東西我拿到了！」

「這就是嗎？為什麼會是這種……」無名看了看，訝異地說。

「誰知道呢？別管了。」蒼把東西放在無名的手裡：「我知道你身體裡的那樣東西，能重融魂魄，打斷禁制。我也知道這件事對你來說還是有危害的，你若心有疑慮，我絕不勉強。」

「你定是知道我不會拒絕，才這麼說的吧。」無名淡淡地答道。

「是啊。」蒼看著他手裡的那樣東西：「你的想法我能猜得到，可是有的人，我耗盡了心力也弄不明白他到底在想些什麼。」

「這塊琉璃這麼美麗，碎了還真是可惜……」無名輕撫過掌中用紅繩結成一串的碎片。就算碎了，琉璃碎片在月光下還是泛著耀眼的光芒。

「有什麼可惜的，碎了就是碎了。」蒼冷笑著說：「只不過早先沒想到，碎了還能有這種用處。」

一邊的惜夜轉過身，握緊了拳頭。

真想過去打他一頓！這白痴的孤寒鬼，假裝得也太差勁了吧！有眼睛的人，哪一個看不出他現在有多麼地口是心非？

笑得那麼假，再下去，八成就要真哭出來了……

「蒼，你要真這麼想，那就好！」無名收攏手心：「我們這就……」

「等一下！」蒼情不自禁地抓住了他的手。

「蒼，早就碎了。」

「我知道……我只是，想多看一眼，一眼就好！」蒼的目光從明晰變得迷茫：「那是我的過去……就算不該記得，不記得才好，卻偏偏還是記得……」

「唉……」無名長長地嘆了口氣，還是打開了手掌。

「也許，因為得不到才最好。」蒼反倒合上了他的手心，不再看了。「我們這就開始列陣吧。」

「惜夜。」無名喊了一聲，惜夜走了過來：「幫我把他抬到床上好嗎？」

「又是我！我上輩子欠他的啊！」惜夜一邊照做，嘴裡一邊嘀嘀咕咕的：「孤寒鬼現在又不是擺設了，怎麼還像個大少爺一樣舒舒服服的？」

無名則取出一袋金砂，用水和了，開始在地上畫起陣形，寫上文字。蒼站在窗邊，動也不動地看著月亮，像是在發呆。

不一會，並不是太複雜的陣形就列好了。

「蒼。」無名喊他：「該開始了。」

蒼朝窗外伸手，一瞬之間，樓下已經謝得差不多的梅花裡凝聚起點點微光，慢慢彙聚到了他的手心，漸漸成了手掌大小的光球，在他掌上不住翻滾。他轉過身，把光球往陣中拋去。

光球不偏不倚地落到了被放在陣心位置的琉璃碎片上。兩樣東西一接觸，竟然有了輕微的撞擊聲。

頃刻間，琉璃和著光球，一起變成了流光溢彩的光塵。

陣式發動！

一道光芒從洛陽侯府邸後院射出，直入雲端。無名和惜夜紛紛用衣袖遮住了眼睛，擋去越來越強的光線。

「魂離！」隨著蒼的聲音，陣式發動產生的光芒開始減弱。

直到無名和惜夜放下衣袖，光線已差不多散去，地上的金砂也消失無蹤。在陣式中心的位置上，站著一個用光塵聚成的人形。

不等蒼開口，無名就靠了上前，朝人形伸出了手。人形一接觸無名的手掌，立刻有了輪廓五官，除了有些透明以外，看起來就是一個美麗女子的模樣。

「疏影。」蒼看著她：「妳受苦了，都是我的錯。」

那個昔日梅疏影模樣的影子，輕輕搖了搖頭。

「妳也是因我而得罪了他。人生本就苦短，讓妳白白耗費了多年的光陰，我很抱歉。」蒼對她說：「放心吧！從現在起，他再也不會干涉你們了。餘下的時光，可要好好珍惜。」

那影子卻皺著眉頭，滿臉焦急的神色，偏偏像是說不出話來。

「不用為我擔心，我已經不是以前的傅雲蒼，這一回，我會好好保重自己，再也不會那麼沒用了。」蒼安撫似地朝她笑了一笑：「妳過妳的人生去吧，從此，別再捲進這些事裡來了。至於洛陽侯，妳可別輕饒了他，誰讓他有眼無珠呢！」

「蒼！」無名回頭來提醒他：「最好快些！」

「去吧！」蒼說：「妳的魂魄從今齊全，他的記憶也會慢慢回來，至於以前的事，就是一場春夢，不會有人記得。疏影，好好珍惜妳捨盡修為求來的人生。」

疏影看了他一眼，目光裡有不捨和擔憂，但還是跟著無名慢慢走近了床鋪。

隨著那個身影進入了床上趙玉清的身體，光芒終於消失。無名站了一會，才動手取下貼在趙玉清和俞韜身上的符紙。

「孤寒鬼！」身後傳來惜夜驚訝的聲音：「你怎麼了？」

無名回過頭，看見蒼搖晃了兩下，連忙過去扶住了他：「蒼，你的手……」

蒼雙手變得有些透明……

「沒關係，我本來就是鬼。」蒼靠在無名肩頭，無力地說著：「鬼就該有鬼的樣子……」

「可是……」無名看著他逐漸模糊的容貌，不無擔心地問：「真的沒事……」還沒有說完，只覺得懷裡一空，蒼已經不見了蹤影。還沒來得及驚訝，他眼前一花，覺得自己也被人拖開了。

「惜夜，你做什麼？」無名強忍著暈眩，也只看得清擋在自己面前的是惜夜。

「你不是走了嗎？」惜夜雙手環胸，戒備地看著出現在窗邊的男人。

「愚蠢！」青鱗冷冷地說了一聲，眼睛盯著被自己抓住手臂的蒼。

蒼無力地跪坐在地上，頭低垂著，長長的頭髮鋪了一地。

「你來……做什麼……」蒼的聲音斷斷續續，不是那麼穩定。

「我來看你到底有多蠢！」青鱗冷笑著說：「傅雲蒼，死過一次你還不長腦子，居然做這種事！不過是沒什麼用處的鬼，找了這些沒什麼本事的東西，學人家列陣融魂，真是不知死活！」

「喂！你說他是『沒什麼用處的鬼』沒錯，可我們絕不是什麼『沒什麼本事的東西』！」惜夜立刻被這種毫無善意的形容激怒了：「也不知是誰一看見我就灰溜溜地溜走了，現在還在這裡大放厥詞！你信不信我……」

「你想怎麼樣？你能把我怎麼樣？大人，今時不同往日了！」青鱗陰沉沉地對他說：「我是吃了一驚不錯，我只是驚訝你居然直到今天還活著。你們這一族還真是暗藏星火、生生不滅的麻煩！可看你這樣子，就算活著，和廢物又有什麼不同？如果你一如當年，我也許會忌諱你幾分，現在的你，連和我相提並論的資格都沒有！」

「你好大的膽子！」惜夜只覺得血往頭上衝，整個人都要氣炸了！

「沒想到你不但變成了沒用的廢物，還把腦子弄丟了。」青鱗不屑地瞥了他一眼：「你這個樣子，哪裡還配和他鬥？」

惜夜就要衝上前，冷不防地被人從身後搭上了肩膀。

「惜夜，你做什麼？不是說好不打架的嗎？」無名溫和的聲音響起，蕩滌了一室的陰冷暗湧，惜夜怒意橫生的表情立刻平靜了下來。

5

「你就是青鱗？」無名扶著惜夜的肩，從他身後走了出來：「我是無名，蒼的朋友。」

人不像人，鬼不像鬼，非魔非仙！

「今天，我真是大開眼界！」青鱗哼了一聲，上下打量著這個白頭髮的男人，越看越覺得不舒服：「什麼無名，你又是誰？」

「我只是個凡人。」無名絲毫沒有火氣地回答。

「凡人？剛才是你在列陣的，不是嗎？」青鱗深思地看著他。

「原來剛才山主就在屋外。」無名也不回答，反倒用和他一樣的目光看了回去：「山主剛才沒有阻止，就是有意放過這對情人了。那麼，何不好人做到底，把蒼還給我吧！他耗盡精力，要好好休養才行。」

「還給你？」青鱗注意到他看自己手上捉著的蒼的時候，目光意外地柔和憂慮。「他和你是什麼關係？」

「朋友。」

「朋友？」

什麼樣的朋友，向來冷淡驕傲的他居然會主動去抱一個「朋友」？

「我們相識多年，是極好的朋友。」無名淡淡笑著：「我可以為他做任何事，我想他也是一樣的。」

「是嗎？沒想到你居然這麼快就找到了這麼一個『好朋友』呢！原來是他幫你列陣鎖魂，好把你留在身邊。」青鱗提起蒼，用手指抬起他的下顎：「你這張美麗的臉是不是也是為他變的？想不到，你居然還是如此多情呢！告訴我，這個不知是什麼東西的東西做了什麼，能讓你這麼痴迷？」

「不關你的事！」蒼臉色煞白，倨傲地看著他：「總之，他比你好一千倍、一萬倍，你連他的一根手指也比不上！」

「傅雲蒼！」青鱗的臉色更加陰鬱：「你要是再說一句，我就把這個比我好一萬倍的傢伙挫骨揚灰，我看他還拿什麼來和我比！」

「你要殺儘管殺好了，反正他死了，我也魂飛魄散，不正是一舉兩得！」

「魂飛魄散？你想都別想！」青鱗怒極而笑：「我怎麼會殺他呢？我還要多謝他救了你啊！最多剁了他雙手雙腳，只要不死就好了嘛！」

「不行！」蒼看出了他眼底的認真，心裡不安起來：「你不能傷他！」

「怎麼？緊張了？」青鱗指尖用力，簡直就要捏碎這張讓他厭惡的臉：「捨不得了？好！只要你求我，我就不殺他。」

「我求你！」蒼揚高下巴。

「這種樣子也叫求人？」青鱗笑了出來：「這和命令有什麼區別？難道還要我教你，求人該是什麼樣子？」

「青鱗。」無名突然開了口：「別太過分了，你非要再逼死他一次才肯甘休嗎？」

「你真是什麼都不瞞著這個『好朋友』啊！」青鱗看著無名，眼裡再一次閃過殺機：「怪不得你要為他求我，你們兩個還真是情深意重！」

「不！我們之間的事和……」

「和你沒什麼關係吧！就算我們情深意重，那又如何？」無名一臉深思地看著青鱗，說了這句不知有多容易引人誤會的話。

「你做什麼！」蒼眼見青鱗有所動作，急忙用盡全力撐起身子，擋在他和無名之間：「別傷害他！」

「你應該知道的。」青鱗笑容全失：「對我無禮的人只有一個下場！」

「你若要殺他，就先殺了我吧！」蒼盯著他的眼睛：「反正你有的是辦法讓我魂飛魄散，除非你殺了我，否則我絕不會讓你傷害他。」

青鱗瞧著他，越過那有些矇矓的身影，也瞧見了他身後那個滿頭白髮、渾身散發清雅柔和氣息的男人。

「你以為我捨不得殺你？」青鱗的聲音很輕很柔：「你以為你是什麼人？你不過是傅雲蒼，我以前捨得殺你，現在又怎麼可能心軟？」

「我知道。」蒼淒然一笑：「我早就知道了，我的生死、我的快樂、我的哀愁，你從不在意。我還沒有低賤到要哀求你愛我，你要殺我的話，那就請便吧！」

「你現在又說出這樣口是心非的話來了？」青鱗伸出了自己的右手：「你死前用守魂琉璃在我手上烙下這個刻印，就是你始終不想放手的證明！你明知道我不能動手殺你，不是嗎？」

那印痕深深地刻進了青鱗的手心……可是再怎麼深的刻印，也永遠到達不了他的心裡……

「青鱗，我那麼做是因為我不甘心，不相信你對我真的毫無感情……」蒼抬頭，一片決然神色：「現在我可以立刻為你消去刻印，然後，你就可以殺了我，我們之間徹底來個了結。」

「別想！」青鱗冷漠地拒絕了他：「這麼兩三句話就想讓我殺你，未免太天真了。」

「不論你殺不殺我，我都會為你消去刻印的。」蒼笑著說：「是我一直想不通，其實從很早以前開始，我就該知道你不是真心的。我只是……抱著希望……不，要說是奢望才對。我奢望有個人就像愛惜自己一樣愛惜我，奢望你會是值得我愛的人。所以說，人是不能有太多奢望的。我明白得太晚，更加不願意承認自己愛錯了人。」

他朝青鱗伸出了左手。

「你做什麼？」青鱗不解地看著他。

「把你的手給我。」

青鱗環視了一眼，床上昏睡著的、屋裡看好戲的、故作明白一切模樣的，還有眼前堅決的……

他很明白，傅雲蒼不是在試探或者說反話，而是決定要了斷這一切。

只要伸出手，就能消去這百多年來，一直糾纏著自己的刻印……

只要伸出手，就不必時時刻刻被提醒自己當年並沒有贏得全勝……

只要伸出手……就徹底了結，再沒有牽扯……

不論你是人是妖，你就是青鱗。我說了和青鱗天涯海角，永不分離，就是和你天涯海角永不分離……

「直道相思了無益，未妨惆悵是清狂。若是只有痛苦，要這相思有什麼用呢？」蒼嘆了口氣，主動拉起了青鱗的手。

在指尖相觸的那一個瞬間，青鱗微微彎曲了手，像是想要收攏掌心。蒼拉起了他的手，左手貼上了他的右手掌心。

光芒閃過後，蒼訝異地皺起了眉。

兩手分開，刻印猶在……

「怎麼會這樣？」蒼再一次抓住青鱗的手。

這次，光芒更盛，可一樣毫無用處。

「不行……怎麼不行……」蒼愣愣地低語。

青鱗卻覺得心裡某個地方突然落到了實處。

「消不掉？」他側過頭，笑著問蒼：「你是故意的嗎？若是心裡仍有眷戀，我倒不介意……」

「怎麼會不行……怎麼會……」蒼慌亂地再一次和青鱗掌心相貼。

青鱗只覺得有一股熾熱的溫度湧向了他的手心，臉色一變。

「你做什麼？」他一把甩開抓著他不放的蒼。

「蒼！」無名同一時間也衝了過來，伸手去扶往地上倒的蒼。

「哼！」青鱗瞪他一眼，同時反手一捲，把纖細的身影摟進了懷裡。

月光下，那張臉又透明了幾分。

「你真的這麼想死嗎？」青鱗問他，卻是斜著眼睛在看面前的無名。

那種清雅溫和……真是讓人說不出地討厭！

「為什麼？」

突然抓緊袖子的力道拉回了青鱗的注意，他低頭看見蒼迷惑又驚惶的表情。

「為什麼我解不開刻印……明明是我下的……」一邊說，一邊想起了什麼，於是聲音慢慢低了下來，神色更顯慌亂。

怎麼會忘了呢？當然是解不開的，當然是……

「為什麼解不開呢？」無名也訝異地問。

「因為我說過……沒有人能解得開，這個刻印，永遠也解不開……所以，連我也不能……」

他怎麼敢！他怎麼敢這麼對我！不可以解開，誰也不可以解開！他是我的，就算我死了，變成了妖，化為了鬼！

就算他不愛我，我也要他永遠記得我！我給他刻印！永遠解不開的刻印！那樣就永遠不會錯認！背棄我的人，一定要付出代價，讓他永遠後悔的代價！

那種痴情然後絕望怨恨的念頭，一瞬間湧進了蒼的心裡。

還以為只是幻覺，還以為只是絕望中的妄想，原來是真的……

怎麼可能？我怎麼可能會做那麼可怕的事？要放手的，既然決定了結束，為什麼會是我……

你死前用守魂琉璃在我手上烙下這個刻印，就是你始終不想放手的證明……

做了鬼……為什麼也會心痛……

蒼捂住了自己的心口，流露出痛苦的表情。

「不是我……那不是我……」

那麼殘忍可怕的念頭、那麼固執洶湧的怨恨、那麼強烈難抑的憤怒……怎麼會是我……

「傅雲蒼，你怎麼了？」青鱗注意到他臉上的狂亂，為自己心裡毫無來由的殺意焦躁起來。

為什麼感覺到危險？傅雲蒼不過是個沒什麼力量的魂魄，為什麼突然想要鬆開手，為什麼會想要殺……這是怎麼了？

「小心！」無名驚叫了起來，竟是朝著青鱗。

青鱗從迷惑裡驚醒，直覺就要鬆手。

但在五指即將完全鬆開的一瞬，他竟猶豫了。

就在欲放未放的一瞬，一縷黑髮纏上了他的手臂……

蒼及地的黑髮捲上了青鱗的身子。青鱗立刻覺得法力從黑髮纏繞的地方開始被抽取出去，面色微變。

「青鱗……」

那張總是帶著或茫然或高傲表情的臉，竟是朝著他顛倒眾生似地笑著。

這樣的傅雲蒼……陌生至極！

不該有這樣的臉、不該這麼美麗，傅雲蒼……沒有這麼美……不會這麼笑……

「青鱗……」隔著衣物，蒼的手指覆到了他心口的位置：「你欠我的……什麼時候要還……」

「我欠你的？我欠你什麼了，你要我還什麼呢？」青鱗問他。

「我的心給你了，當然要你的心來還……」蒼笑著，危險卻也動人：「一切都是註定的，青鱗，我們兩個……註定了要糾纏到死的那天。誰叫你……對我做了那樣的事呢？就算你殺了我，也逃不掉的……早就註定了……」

月光裡，蒼模糊的輪廓又一次清晰起來，同時，那種異樣的感覺也更加明顯。

青鱗心裡一寒，沒再多想，他用沒有受困的手抽出頭冠上的髮簪，玉製的盈寸飾物隨手一揚，成了泛著青芒的玉劍，運力朝束縛住自己的長髮斬去。

曾讓掌燈束手無策的頭髮在還沒有碰上看似鈍器的玉劍時，就紛紛斷裂了開來，落到了地上。

像劃開一匹黑色的絲綢，青鱗用劍斬斷了蒼的長髮。蒼沒有做什麼動作，只是看著頭髮斷落到地上漸漸消失，隨之斂去了笑容。

他抬手摸了摸只到肩頭的凌亂頭髮，輕輕地嘆了氣，然後眼睛一閉，直挺挺往前倒去。

青鱗一手拿著劍，一手接住了向他倒來的蒼。

「你不殺他嗎？」看見他像是出神一樣看著懷裡的蒼，再次把無名拉到自己身後的惜夜說：「你現在不殺他，將來一定會後悔的。」

「不論做了什麼，我從不後悔。」青鱗抬頭看他，帶著些微惡意地說：「說我會後悔的人，才會是第一個後悔的。」

「試試看吧。」惜夜也不生氣，反倒笑吟吟地抱著手臂：「我和你賭一兩銀子，沒多久你就會後悔了。」

「大人。」青鱗別有用意地看著他：「我可沒忘了當年你的大恩，有機會我一定要好好報答你。」

說完，他靜靜看著無名，無名也看著他。

「我要帶他走。」青鱗挑釁地開了口：「你沒有力量阻攔我的。」

「我沒有要阻攔你。」無名出乎他意料地微笑著說：「我沒有辦法阻止，也不想阻止。」

青鱗聞言，狐疑地看著這個讓他摸不透的男人。

「請你好好愛惜蒼，他本沒有錯，不應該被錯誤地對待。」無名一揖到地，行了一個大禮，然後極為認真地說：「就算你不愛他，也不該傷害他。被自己所愛的人傷害，沒有人能受得了。他身心都受了重創，快要支撐不住了，請你念在他曾經為你拋棄了一切，別再傷害他了。」

青鱗冷哼一聲，摟著蒼轉身就走。

「青鱗。」無名在他身後，用他剛好聽得見的聲音說：「被人愛著，是不用害怕的。」

青鱗腳下一頓，垂眼看了懷裡的人，然後打橫抱了起來，踏上窗戶，隨風飛去了。

「無名，我還以為你會反對那人帶走蒼。」惜夜拉住無名的手，笑逐顏開地說：「你終於知道那孤寒鬼有多麻煩多討厭了吧！」

「要是我不讓他帶走，你打得過青鱗嗎？」

惜夜聞言扁了扁嘴，露出不屑一顧的樣子。

「何況……要是有緣，再怎麼逃避也避不開。」無名搖著頭：「不論是緣是劫，都一樣。」

「什麼緣啊劫啊的！他啊，不過是遇上了不該遇上的人。最蠢的，就是他真心愛上了。傻得信了個騙子，付出了真心，註定要受這樣的苦。」惜夜笑著說：「不過，這世上傻瓜和騙子真的很多呢！是不是說聲活該，然後就能一笑了之呢？」

「不論是被人愛著還是愛著人的，都不應該覺得害怕。」無名回答。

「害怕……」惜夜仰頭呼了口氣：「誰不怕呢？沒愛上怕愛上，愛上了怕失去。」

最氣惱的是，心裡更多的居然不是恨，只有怨……

天城山。

「山主回來了！」

「恭迎山主！」

青鱗從雲中落下，看也不看在山門外迎接他的眾人，直往裡走去。

「山主。」他的隨侍過來，想要接過他手裡抱著的人。

他停下腳步，卻不是因為要把人遮出去，而是懷裡的人動了動，像是要醒過來了。

凌亂的頭髮擋在臉上看起來有點礙眼，青鱗想也沒想就伸手幫他撩到了腦後。迷濛的眼睛睜開，慵懶地看著他，轉眼像是認了出來，笑著並低低喊了聲：「青鱗。」

青鱗一愣，抬眼，發現周圍的視線都聚集到了自己的懷裡。

「很好看嗎？」他看了看那些目不轉睛的下屬侍從，臉色陰沉。

每個人都低下頭，躲避他銳利的目光，心裡一陣陣發怵。

「我要你們這些廢物，是在這裡發呆用的？」他沒來由地怒火上湧：「都給我滾！」

一瞬間，飛天的飛天，遁地的遁地，山門外眾人立作鳥獸散。

青鱗低下頭，看著靠在自己胸前昏昏沉沉、沒什麼意識的蒼。

都是因為這種原本不存在的美麗……

「山主。」

青鱗頭也沒回地問：「什麼事？」

什麼事？站在他身後的霞衣一下子被問住了。

「我……只是……山主辛勞……」

山主這是怎麼了？每次他回來，自己不都會過來迎候的嗎？

「霞衣只是想服侍山主……」

「不用了。」青鱗打斷了她。

「我已經讓人去收拾攬月宮了。」霞衣見他懷裡是那個上次從這裡逃走的男人，也不像要降罪的樣子，於是討好地說：「他是不是病了，要不要……」

「多事！」青鱗不悅地撂下這兩個字。

霞衣呆呆地站在原地，看他抱著人走遠，去的方向……是逐雲宮……

青鱗走進房間，把懷裡的人放到床上。

「青鱗……」就在他要直起身子的時候，一把被拉住了前襟。

他看進了那雙依舊矇矓的眼睛。

「青鱗……你為什麼會是這樣的呢？」蒼喃喃地問：「你怎麼是這樣的呢？」

「你希望我是怎麼樣的？」青鱗坐在床頭，俯視著他：「是當年那個說愛上了你的解青鱗嗎？」

「我還記得，我還記得你說過你愛我的，可是一轉身，你就變了……」那雙眼睛裡有著沉痛的悲哀：「我生來有病，是活不長的。到了最後，我也沒有希望能和你白頭到老，我只想著，要是有你在身邊，哪怕只能再活幾年，我也甘願。所以我和你走了……你知不知道，我跟你走，是賭上了所有的東西來信你……可是你卻說……」

這是個玩笑，最多也只能說是一個遊戲。我贏了，而你，輸得一敗塗地。

手指一根根地從青鱗被緊緊抓住的前襟鬆開。

「我輸了……雖然我以為這種事不能說輸贏，可是你說我輸了，我就輸了。」他像是就要哭了，卻沒有流出眼淚來：「青鱗，我希望自己就算有一天要死，也是安安靜靜、沒有遺憾牽掛地死了，然後投胎，再活過，直到……可是，是你讓我那麼不甘心，變成了遊蕩在世上的孤魂。連死了……你都不放過我……」

「是你不對……」

「我做錯了什麼呢？是我殺了那個妖怪，可那是因為她先要來殺我！我保護自己有什麼不對？」蒼連聲追問：「還是你覺得，我以命償還了還不夠？你到底想要我怎麼樣？你說啊！你說了，我就去做，哪怕魂飛魄散了也好。往後，我們再不要這麼牽扯了好不好？」

青鱗沒再說話，只是坐在那裡看著他。

「我這裡一直痛……一直痛……」蒼把手放在自己的胸口上：「我真想讓你

也痛一痛，也許你就會知道，你對我做了多麼殘忍的事情，比你殺了我還要殘忍得多……」

青鱗當然清楚那有多殘忍，就是因為知道，才會那麼做的。

愛情，只是可以利用的籌碼！只有痴傻的凡人，才會為被無用的情感迷惑。

說什麼只要能再活幾年……想要無牽無掛地走了……果然只是自私……

「你後悔遇上了我嗎？如果是那個無名，是不是就會好好珍惜，好好呵護你了？所以你愛上他了，是嗎？」明明是想著要好好嘲笑一番，話到了嘴邊，卻變成了完全不同的意味：「他很溫柔，絕不會傷你的心，所以你就把心給了他嗎？」

「無名……要是無名，該有多好……」蒼淡淡地笑了：「若是愛上他，該有多好……」

青鱗站了起來，一聲不吭地朝門外走去。

「可我偏偏愛上了一個根本不懂得珍惜我的人……我的心只有一顆，給了一個折了一枝梅花給我的人。」蒼的目光矇矓，像是根本沒發現青鱗已經離去，只是一徑說著：「那個人……連一握月光也不肯送我……」

青鱗直直走出了逐雲宮大門，差點撞上了迎面走來的霞衣。

「做什麼！」青鱗衣袖一揮，怒氣橫生。

「山主恕罪！」霞衣嚇了一跳，連忙跪到地上：「我只是來看看有什麼需要……」

「給我滾！」他大聲地斥責：「不知所謂！」

「是……是！」從沒見他發過這麼大的火，霞衣嚇得聲音都在發抖。

青鱗從喉嚨深處發出一聲冷哼，拂袖而去。

「來人！」遠遠聽到他在吩咐：「給我守在門外，不許任何人進出，若有閃失，要你們的命！」

霞衣在地上跪了許久都沒有力氣自己爬起來。

「夫人。」她身後的丫鬟把她從地上扶了起來：「您沒事吧！」

「是他……」霞衣的眼睛直勾勾地盯著殿門：「是因為他，山主才把蝶妖趕走的！」

「您說什麼呢！山主是知道了夫人的好，決定專寵夫人，才把瑛……蝶妖趕出宮去的。」丫鬟連忙說：「夫人妳可別胡思亂想，山主心中再沒有女人能和夫人相提並論了。」

「是這樣嗎？」霞衣不安地說：「可是……山主最近好奇怪，我從來沒有見他這麼生氣，還把蝶妖也趕走了……我總覺得……」

「山主只是心情不好，過一陣就沒事了！」想到山主最近的脾氣，丫鬟咽了口口水：「夫人，也許等山主心情好轉，就不會這樣了。」

「是嗎？」霞衣覺得腳還是有些發軟，順手扶住了身邊的門柱。

嗤一聲輕響，她尖叫一聲，抱著自己的手掌往一旁倒去。

「夫人！」丫鬟趕忙扶住了她。

她抬起自己的手，目瞪口呆地看著像被什麼東西蝕去一小塊皮肉的掌心。

這是……山主的禁制！

為什麼？山主不但讓人嚴密看守這裡，還在周圍下了禁制……是為什麼？

6

大殿裡，大家你瞧瞧我，我看看你，沒有人敢出聲。

不是無事稟告，而是坐在上位的山主今天臉色實在太難看了，沒有人敢第一個跳出來當炮灰。山主臉色變幻不定，所有人跟著膽戰心驚。

喀！

眾人齊齊倒抽了一口涼氣。

「沒事就退下吧！」青鱗甩手丟開了從扶手上捏斷的那塊玉雕。

玉雕敲擊白玉地面的聲音在大殿迴盪，大家連忙低頭行禮，一個個魚貫而出。

不多時，階下從濟濟滿堂變成了沒有一個人影。

「他……還是不說不動？」青鱗斜靠到了一邊的扶手上。

「是。」他身邊站著的隨侍謹慎地答道。

「該死的！」他竟是笑了起來，從牙縫裡擠出字句：「他以為自己是在和誰作對？」

「山主……」隨侍猶豫了一下：「最近都在傳言……」

「說下去。」他抬起了眼睛。

「宮裡傳言，山主近日是為了住在逐雲宮裡的那人，才會一夜之間滅了玉蓮山的狐妖族……這事已經傳揚了出去，分屬四方的下臣們都有些騷動。」

「我做事，什麼時候需要看他們的臉色了？」他聽了，語氣卻溫和起來。

隨侍低著頭不敢回話，心裡卻不以為然。

想那玉蓮山的狐妖族仗著族人眾多，寧願歲歲獻貢也不願向山主歸附，山主從沒有當成回事，只是一笑置之，說聲「有骨氣」之類半真半假的話。

可前兩日那狐妖族的少主來宮裡，經過時見到了逐雲宮裡關著的人，說了聲：

「這樣美麗的人，見了就賞心悅目。」

山主在他身邊聽了，只是笑笑。偏偏那狐妖少主不知收斂，接著說了句：「我的那些侍妾可差得遠了，要是個個都如這般，我不快活死啊！」

當時山主就變了臉色。

那一夜，山主獨自外出，次日，玉蓮山狐妖一族千餘性命，再沒有一個活口。傳言，那不知輕重的少主，被山主扒了毛皮，當作門前踏腳，鋪在了逐雲宮裡……

兩句調笑輕浮的話和滅族之禍不過相隔半日，實在太容易讓人聯想到一起。

「夫人，梳好了，您瞧瞧可還滿意？」丫鬟在霞衣身後捧起銅鏡，為她照出梳好的髮髻。

她依舊瞧著鏡子發呆，像是半點沒有注意。

「夫人，您這是怎麼了？」丫鬟問：「是不是頭髮梳得……」

「妳說，山主是為了什麼才滅了狐妖一族？」

「這……」丫鬟陪笑著說：「山主的心思，我一個奴婢，哪裡猜得到啊！」

「他們說山主是因為那狐妖少主對那人說了兩句輕佻的話，就發了火。」她疑惑地抬起頭問：「山主怎麼可能為這種事生氣。我不信，妳信嗎？」

「當然是不可能的！」丫鬟急忙回答：「夫人妳可別亂想。」

她當然知道霞夫人是在意什麼。

霞夫人到山主身邊不久，也是那狐妖少主在山主面前誇了霞夫人幾句，山主當時竟問霞夫人可願意跟對方回玉蓮山去。霞夫人要死要活才讓山主說聲「算了」的，要真是像傳言說的那樣，霞夫人怎麼可能會不在意？

「山主現在身邊只有夫人一個，對夫人恩寵漸深，最近不也是一直住在這彩霞宮裡？您可別信那些閒言碎語，不定是哪個妒忌夫人的在瞎說。」丫鬟接著安撫：「說不準山主是想起當年那狐妖對夫人不敬，才會有這種舉動的。」

「要是那樣就好了。」霞衣笑了笑，卻笑得不怎麼自然。

怎麼好叫人知道，雖然山主最近夜夜留宿，卻從沒有和自己親近。別說是最近，就是近百年以來……

「妳說……山主究竟為了什麼把那個人關在逐雲宮裡？縱然那人觸怒了山主，也不見有受罰，好像只是關著吧！」她又問：「山主真的一次也沒有去過逐雲宮？」

「是！不過……」那丫鬟吞吞吐吐起來。

「不過什麼？」她皺起眉頭，預感到接下來的話自己不會喜歡。

「山主沒有去過逐雲宮，不過我聽說，山主最近倒是常在宮裡散步，偶爾經過那裡……」丫鬟婉轉地回答：「有時也會問問那人的情況，像是怕那人跑了。」

「經過？逐雲宮獨立而成，去哪裡散步會需要經過……」說到這裡，霞衣住了嘴，露出深思的表情：「除了這個，妳還有什麼沒告訴我的？」

「沒什麼了，只是有些小事……」丫鬟有些緊張地說。

「妳說吧！是我讓妳去打探的，不會怪妳！」霞衣咬了咬嘴唇：「要不是這宮裡規矩太多，我早就……妳還不說？」

「真的不是什麼大事，只是……我還聽說……」丫鬟附到她的耳邊，輕聲地說了句話。

「什麼？梅花？」她訝然地重複：「山主不是最討厭梅花了，怎麼在逐雲宮的內庭會有梅花？」

「好像……是因為那個人說了一句『是春天了，梅花也該謝了』之類的話。第二天，山主就讓人移了一園的梅樹……」丫鬟猶猶豫豫地說：「山主對那人說：你說梅花謝了，我就偏要這滿園梅花四季不敗。我要讓你知道這世上沒有我做不到的事！」

「山主真這麼說了？」霞衣猛然站了起來，打翻了妝檯上的花鈿胭脂。

「奴婢不敢欺瞞夫人。」丫鬟跪到地上，一臉無辜：「奴婢只是轉述聽來的話，絕沒有添加半點不實。」

「這是怎麼回事？山主他……怎麼會說這樣的話？」霞衣在原地轉來轉去，

滿臉不安。

「夫人別急，山主頂多是和那人鬥氣呢！」

「鬥氣？妳什麼時候見過山主和人鬥氣了？」霞衣瞪了她一眼：「山主最恨對他不敬的人，妳見過哪個人言語得罪了他，還能活到第二天的？」

山主居然說出那樣的話來，怎麼想都不對勁。什麼叫「我要讓你知道這世上沒有我做不到的事」？聽起來，好奇怪……

「不行！我要好好想想！」霞衣用力咬著自己的手指，慌亂地說：「我要想個辦法，一定要……」

丫鬟從霞夫人房裡出來，沒有急著回自己房裡，反倒往宮門外走去。她走了很遠，翻過了幾處山頭，走到一處看似荒廢的院落，穿過足足有一人高的野草，直直地走了進去。

院裡有一座池塘，因為無人照料，早就乾涸了許久，像是一個長滿了野草的大坑。丫鬟穿過架在池塘上的廊橋，走到了院裡唯一的一座屋舍前。

「過來。」

就在她左右張望的時候，傳來了招呼的聲音。

往聲音來處尋去，才轉了個彎，她就發現要找的人其實就在眼前，不過是被茂盛的荒草遮住了而已。

那人一身天青色的衣服，坐在一塊大石上，手裡竟然拿著一根釣竿。

「屬下參見城主。」丫鬟立刻跪下，恭恭敬敬地行了個大禮。

「起來吧！」那人一笑，手一抖，泛著銀光的鈎鉤筆直地落進了乾涸池塘的雜草叢裡。

「謝城主！」丫鬟站起來，垂手站到一邊，像是他不問，就不敢開口似的。

「怎麼樣了？」他漫不經心地問。

「回城主，我已經照著城主的吩咐，說了那些話。」丫鬟低頭稟告著：「一如城主預料，她心情大亂，應該不久就會有所行動。」

「這種方法，不論用了多少次，還是一樣有效。」青衣男人心情像是很好，笑得格外開心：「妳做得很好！等回了千水，我一定會好好嘉獎妳的。」

「多謝城主！」丫鬟面露喜色，又跪到地上行了個禮：「屬下一定會完成城主的交待。」

他揮了揮手，丫鬟行禮告退，離開了這座院落。他繼續拿著無餌的釣竿在無水的池塘邊，像是悠閒地在釣魚。

「你以為你施了界陣，我就真的沒辦法靠近了？」

他專注地看著眼前的大坑，像是那裡真是一座有水有魚的池塘。

「要說你也懂衝冠一怒為紅顏，我還不怎麼信呢！也不知是新噱頭還是個陷阱？你就是太狠了，誰也不放在眼裡。」他笑咪咪的，不知道是在和誰說話：「你到今天也沒有想通嗎？哪有人每次都贏的？輸一千次也沒關係，只要贏最後一場就是贏家了啊！」

突然，他手裡的釣竿微微一沉，像是被什麼東西咬住了一樣……

蒼撐著傘，站在梅林裡。

他站了很久很久，站得恍恍惚惚的。連青鱗出現在他面前的時候，他也沒有認出來，只是覺得面前這個人有點熟悉，又有點陌生。

「你是不是想問我是誰？」青鱗原本上揚的嘴角在看見他透出陌生的眼神時，立刻拉了下來：「不許你這樣看我！」

「你……」他定了定神：「你是青鱗。」

「記得就好。」青鱗看見他手裡那把白傘，皺了下眉：「為什麼撐傘？」

「我是鬼。」他抬頭看了看燦爛的陽光，然後冷冷淡淡地回答。

「你身上的靈氣呢？」再次覺得那半長不短的頭髮很礙眼，青鱗的聲音變得有些生硬：「我的法力和那些沒用的廢物不同，雖然不多，也不可能這麼快消散。」

蒼看他一眼，沒有理他。青鱗吸了口氣，硬是壓下升起的怒火。

「你是故意的？」青鱗看著他比前段時間透明了許多的身影：「你故意讓靈氣散失，是不是？」

「我不知道你在說什麼。」蒼轉身，朝另一個方向走去。

「傅雲蒼！」青鱗連名帶姓地喊他：「你到底想怎麼樣？」

「這話應該讓我來問才對。」蒼背對著他問：「青鱗，你到底想怎麼樣呢？」

「你存心和我作對是不是？」

「你既然不殺我，那就讓我離開這裡。」

「你是不是想回那個無名的身邊去？」青鱗眼角一跳：「你死了這條心吧！除非我死，否則你永遠只能待在這裡，哪裡也不許去！」

「為什麼？」蒼回過頭，不能理解地追問。

「不需要理由！」青鱗惡狠狠地說完，拂袖而去。

「該死的！該死的！」青鱗一腳踢翻了殿前計時的日冕，忿忿地咒罵著。

「山主……」迎上來的霞衣看他怒氣沖沖的樣子，嚇得一陣瑟縮。

「是妳？」青鱗深吸了口氣：「有什麼事？」

「我看山主最近心情不好，所以安排了歌舞……」

「心情不好？妳哪隻眼睛看見我心情不好了？」青鱗勾了勾嘴角，笑著問：「就算我心情真的不好，妳認為一場歌舞就能改變我的心情了？」

「我只是想讓山主開心……」霞衣支支吾吾地說不出話來：「是我錯了……我不該……」

「妳怕什麼？我又不是在生妳的氣。」看到她畏縮的樣子，青鱗冷笑了一聲。

「是！那我這就……」霞衣現在只想離喜怒無常的他遠些。

「難得妳懂得討好我，不像有些不識好歹的……」說到這裡，青鱗臉上閃過一絲怒氣，隨即刻意掩去了，平和地說：「歌舞是嗎？去看看也好。」

宴席，歌舞，紙醉金迷。

「滾開！」他手一揮，把一個趴到他身上的舞姬揮了出去。

只看見玲瓏的身段憑空飛起，撞到了另一邊的柱子上才落了下來。

樂聲戛然而止，所有人都停下談笑，看著坐在主位上的人，想從他的臉上看出端倪來。

剛才還笑著把舞姬攬到自己懷裡，轉眼又動手把人打得吐血……山主的脾氣，真是越來越難捉摸了！

「為什麼停下來？」青鱗揚了揚眉毛。

樂師們趕忙重新奏樂，席間的人們也開始繼續說笑。受傷的舞姬被悄無聲息地抬走，血跡也清理得乾乾淨淨。

看起來就像什麼事都沒有發生過。

除了樂聲有些發顫，賓客臉上的笑容不怎麼自然以外。

他撣了撣十分乾淨的衣服，繼續喝酒。

「山……山主……」戰戰兢兢為他倒酒的霞衣突然被他伸手抓住，嚇了一跳。

青鱗及時地接住從她手裡掉落的酒壺，阻止了又一場驚嚇。

「妳怕什麼？」他沒什麼表情地問：「怕我殺了妳嗎？」

「請山主恕罪！」霞衣面無血色地跪了下去：「山主饒命！」

「霞衣，妳愛我嗎？」青鱗問了句風馬牛不相及的話。

「愛！」霞衣忙不迭地回答。

「如果，我只是個凡人了呢？」青鱗又問。

霞衣偷偷看了看他的臉色，卻什麼也看不出來，把心一橫，答道：「山主就是山主，不論山主是什麼，我都是愛著山主的。」

青鱗盯著跪在腳下的霞衣，沉默了一會。霞衣感覺到自己出了一身又一身的冷汗。

「很好！」青鱗終於笑了出來：「答得太好了！」

霞衣受寵若驚地從地上被扶了起來。

「霞衣。」青鱗看著她，和顏悅色地說：「妳想要什麼獎賞？不論什麼都行！」

不論什麼都行？霞衣眼睛一亮，差點脫口而出要當山主夫人。還好眼前閃過了剛才山主把舞姬丟出去的樣子，她才硬生生忍了下來。

「霞衣不要什麼，只希望山主開開心心的就好！」霞衣拿起酒杯，遞給了青鱗：「只要山主覺得開心，霞衣就心滿意足了。」

「還是妳知情識趣！」青鱗笑容加深，接過酒杯一飲而盡。

整個廳裡緊繃的氣氛終於緩和下來，每個人都覺得胸口一輕，連呼吸也順暢起來了。

酒過三巡，有了幾分醉意，又見青鱗始終對自己面帶微笑、和顏悅色的，霞衣的膽子也大了起來。

「山主……」她試探似地問著：「剛才是誰惹山主不高興了？」

「一個無趣至極的人。」青鱗像是在欣賞歌舞，隨口回答。

「既然他那麼無趣……山主為什麼不把他……趕走也好，省得看見他就生氣。」雖然想說殺了，可她還是選了比較保險的說法。

青鱗轉過頭來，臉上一點笑容也沒有了。不止沒了笑容，還陰沉得駭人。

這一回，樂聲和談笑聲自動自發地停了下來。

「霞衣。」青鱗一個字一個字地說：「妳難道不懂何謂見好就收？」

「山主！」霞衣直挺挺地跪了下去：「我不是故意的，山主！我只是想為山主分憂……」

「妳也配？」青鱗抬起她的下巴，冷冷地看著她姣好的容貌：「別說我沒給過妳機會，要是再讓我聽見妳說這種話，可別怪我不懂什麼叫憐香惜玉！」

「山主饒命！霞衣只是關心山主，不願見到山主生氣……我再也不敢了，再也不敢了！」

「真是掃興。」鬆開手，青鱗站起身，徑直走了出去。

霞衣身子一軟，坐到了地上。

「夫人！」她身邊的丫鬟連忙扶住了她。

霞衣的臉上陣青陣白。

不過是句說話，山主居然發這麼大的火，那人在他心裡的分量，竟有那麼重嗎？憑什麼……

怨恨的眼裡，殺氣一閃而過。

「夫人，我說了，這樣行不通的。」丫鬟在她耳邊輕輕地說：「不如試試我說的法子吧！」

她咬咬牙，點了點頭。

要是不想落得蝶妖那樣的下場，事到如今，也只能那麼做了！

7

「這個真的管用嗎？」霞衣猶豫地看著手裡的東西。

「奴婢跟隨夫人多年，難道夫人還信不過我？」丫鬟努力遊說著：「奴婢也是希望夫人得到山主獨寵，才會冒險弄來這項寶物。」

「不是我信不過妳，而是山主的法力那麼高，妳隨便拿了瓶東西說能穿越山主的禁制，叫我怎麼相信？」霞衣不無擔憂地說：「要是破解不成，讓山主知道了，恐怕我們兩個都要死無全屍！」

「難道我不怕嗎？」丫鬟神神祕祕地說：「夫人您儘管放心就是，我保證這東西一定有效。」

「這到底是什麼？」霞衣拿起手裡的小瓶，拔出塞子聞了聞，也聞不出什麼味道來：「要是不行……」

「我只問夫人一句，夫人想不想除了那人呢？」

霞衣想了又想，橫下心：「不論用什麼方法，我也不要失了這麼多年耗費心力換來的地位！」

逐雲宮。

蒼靠坐在窗前，雙眼空洞地望著天邊。

在許多年許多年裡，他一直被圍困在這樣一片小小的天地之間……時間似乎停滯不前，不！開始倒流……

「你就是用這樣的臉，迷惑了山主嗎？」

他一愣，放下了撐著臉頰的手，看向出現在眼前的美麗女子。

看他一臉誰也不放在眼裡的樣子，霞衣心裡的恨意更加濃烈起來。

「妳是誰？」蒼瞥了她一眼，淡淡地問。

「我叫霞衣，是山主的寵妾。」她刻意地在「寵妾」兩個字上加重音調。

「喔。」蒼應了一聲，忽略胸口針刺一樣的痛。

「你被山主關在這裡很不自在吧！想不想出去？我可以幫你！」

「不用了。」他撐著下顎，不再看這個意圖不明的女人。

「你以為你是什麼？」霞衣惱羞成怒，尖銳地質問：「你不過是個男人，還想迷惑山主？我告訴你，山主不過是因為一時新鮮，等他對你厭煩了，就算你再怎麼求他，他連看也不會再看你一眼的。」

「我知道。」他不痛不癢地回答。

「你！」被身後的丫鬟輕推了一下，霞衣放軟了語調：「你……愛著山主吧！」

看見那隻撐著下顎的手微微一動，她知道自己猜對了：「那你想不想知道山主唯一放在心上的人是誰呢？」

「他……沒有心，不會愛人。」

「你錯了。」霞衣得意地看著他：「你難道一點都不知道嗎？在這座山裡有一個任何人也不能靠近的禁地。在那裡，住著山主一生中最愛的人。」

「妳騙我。」蒼沒什麼情緒的眼睛盯著霞衣，讓她心裡一陣發怵。

「我沒有騙你。」她退了半步，不知道自己在怕些什麼。「聽說那是世上最美麗的人，所以山主才不願讓任何人看見，下了多重的禁制。若你不信，自己去看看不就知道了？」

「美麗的人……他愛的人嗎？他竟然……也會愛人嗎……」蒼低下頭，半長的頭髮遮住了他臉上的表情。

「我騙你做什麼？我只是覺得和你同病相憐，才特地告訴你的。」霞衣作出一副傷心的樣子：「山主他是個寡情的人，愛上了他，註定要傷心痛苦。你要是真的誤以為山主對你有情，可是一件可悲的事啊！」

「我不信……」

「你不信什麼？山主親口對我說過，你只是個無趣的消遣。一旦山主對你失了興趣，你說你會怎樣呢？」

「是他不讓我走……」蒼的聲音越發微弱了下去。

「是真的嗎？是他不讓你走，還是你根本不願意離開他的身邊？」霞衣下了重藥：「是你捨不得放手，對不對？」

蒼猛然抬頭。

霞衣心一涼，踉蹌地退了幾步，要不是身後的丫鬟拉住，她差點就摔倒在地上。

「妳好大的膽子。」蒼面無表情地看著她：「妳也配這麼和我說話？」

「你……你才不配！你不過是個鬼魂，還妄想和山主……」霞衣下意識地說出了心底的話。

蒼看著她，冷笑了一聲。

「快走！」霞衣還愣在那裡，丫鬟突然一把扯住她，朝後退進了梅林。

才跑了沒兩步，眼前白影閃過，蒼負著手，堵住了她們的退路。

「誰讓妳來的？」蒼也不看她們，動手在身邊折下一枝白梅。

「沒有……」霞衣看了看身邊一樣臉色發白的丫鬟，硬著頭皮說：「是我自己……」

「憑妳也能侵入他的禁制？」蒼溫柔地摸著手裡的花枝：「妳覺得我威脅到了你的地位，這時又有人獻出計策，於是妳就聽從了唆使，來除掉我。不是嗎？」

「你說什麼呢！」霞衣嘴上這麼說，心裡卻大吃一驚，不禁瞟向身邊的丫鬟。

「以為這世上的人都和妳一樣蠢嗎？」蒼抬眼看她，露出輕蔑：「別讓人利用了還自以為聰明。」

霞衣終於陣腳大亂。

「能毫無聲息地侵入他的禁制，是為什麼呢？」蒼露出了深思的表情。

霞衣不自覺地摸上了自己的腰帶。

「讓我看一看好嗎？」蒼歪著頭，對她揚起了笑容。

「夫人！」丫鬟看她眼神竟然跟著眼前的蒼一起迷茫了起來，連忙推了她一把。

「啊！」霞衣一個激靈，從昏沉裡清醒了過來。

「你不是鬼魂！絕對不是！」霞衣害怕地叫嚷了起來：「你到底是什麼東西？」

「東西？妳才是一件『東西』吧。」蒼輕聲細語地說：「是不是沒有靈魂的，終究較為愚昧呢？」

霞衣駭然色變，再顧不上說話，原地一轉，隱身逃去。

「妳沒有靈魂，對我沒什麼用處，我本來不想殺妳的。」蒼自言自語似地說著：「誰叫妳說那些話的？我生來最討厭身分卑賤的人自以為是地折辱我，妳一個小妖，居然也踩到我的頭上來了！」

說完，指尖一彈，一朵梅花追往霞衣飛竄的方向。

只聽見半空中一聲慘叫，一條人影重重地摔到了地上。

霞衣從地上爬起來，一朵雪白的梅花鑲嵌在她的眉心之間，就像是特意裝飾而成的花鈿。

「不要！」她抓亂了自己的頭髮，精緻美麗的臉痛苦扭曲了起來。

蒼慢慢走到了她的面前。

「寵妾？」蒼蹲下身子，和她平視：「妳這麼美麗，他真是有福氣呢。」

「救我！救我！」只覺得眉心被火燒一樣地痛，霞衣哪裡還理會他說些什麼。

「妳不是說妳很愛他嗎？我現在讓妳選，妳是要命還是要他呢？」蒼不緊不慢地問：「要是我饒了妳，妳會不會立刻離開這裡，永遠不再出現在我面前呢？」

「會！我會的！救我……求求你救我……」霞衣想要抓住他，手卻穿透過了他不實的身體，再次趴到了地上。

「妳不會的。妳心裡在想，要是我饒了妳，妳就把我碎屍萬段，對不對？」蒼輕聲地嘆了口氣：「妖就是妖啊！」

他站了起來。

「你饒了我吧！上天有好生之德……」霞衣朝上仰望，流露出哀求的神情。

你就是把好惡分得太清，所以出手不留餘地。你要記得，上天有好生之德……

殺？不殺？

蒼閉起了眼睛，感覺意識分作了兩邊。

不過是個低賤的妖孽！

萬物有靈，何況她並無大惡！

無惡？冒犯了我，就是世上最不可饒恕的罪過！

只是這樣嗎？難道你不是因為……

「不是！」他張開了眼睛，駁斥著自己：「她算什麼？我要殺就殺，何須藉口！」

掌心一痛，他抬起手，又看了看腳下的霞衣。手掌輕揚，有一樣東西從霞衣腰間飄到了他的手裡。

他看著手裡小小的瓶子，聞了之後微微皺起眉頭，一臉厭惡地把瓶子往地上扔去。

瓶子摔碎在一株梅樹的樹根上，流淌出了淡色的液體，一眨眼就被泥土完全吸收掉了。

「居然……會用這種……」蒼若有所思地說著，然後一彈手指。

霞衣癱軟在地，胸口急劇起伏著，顯然是保住了性命。

「不要再讓我看見妳。」他的聲音冷洌：「我破例饒妳一命，下次絕不留情。」

丫鬟趁著霞衣逃跑的機會，往上飛去，直飛出了包圍著逐雲宮的禁制範圍。

她看蒼打碎了那個小瓶，心定了下來，可想到這次功敗垂成，不知要受什麼樣的處罰，免不了一陣懊惱。

之前錯估了這個整日看來渾渾噩噩的鬼魂，還以為手到擒來，沒想到，他不但毫不中計，還極為難纏，好像有著難測深淺的法力。

只能先回報城主，再作打算了。

想到這裡，她急急忙忙就要轉身離開。

「妳不是奉命要引我去一個地方嗎？走這麼快做什麼？」一個聲音從她背後傳來，竟是近在咫尺。

她嚇了一跳，轉過頭來。隱約有些透明的蒼就站在她的身後，正帶笑看著她。她留意到蒼還在禁制之中，呼了口氣，可下一秒，她不敢置信地瞪大了眼睛。

「破！」蒼伸出手，五指併攏，虛空一劃。空氣裡傳來撕裂的聲響，蒼手掌經過的地方，景物開始扭曲，就像劃開了一片透明的屏障。

禁制被解開了！不，不是解開，而是被破除了！青鱗山主所下的禁制……

她還沒有從驚駭中回過神，只覺得有個冰冷的東西貼上了自己頸邊。

「沒什麼好奇怪的，我身上有他的法力，當然破得了他的禁制。」蒼一手抓住她的脖子，一邊好心為她釋疑：「妳有一句話真的沒有說錯，我承認，我其實可以離開，只是沒有這麼做而已，但理由絕不是因為我捨不得離開他。」

「你……你想做什麼？」

「做什麼？」蒼笑了笑，慢慢地把臉靠近她：「我還想問妳，妳到底想做什麼？或者說，是誰指使妳做這些事？」

「你說什麼……」她發現自己不能動彈，臉色一片死灰：「我不明白！」

「嗯……妳不是這裡的！」蒼仔仔細細地看著她：「修行了八千年，很不容易呢。」

直覺告訴她這個鬼魂要做出令她懼怕的事來，偏偏身子就是僵在那裡，動也不能動。

不是中了法術的緣故，而是心裡那種無法抑制的恐懼造成的！

「別怕！我暫時不會對妳怎麼樣。」蒼靠近她的耳邊，用溫和的聲音說著：「帶我去吧，妳不就是來帶我去的嗎？讓我們看看，妳的主人是怎樣了不起的人物吧！」

「你怎麼又來了？」青鱗坐在白玉座上，不耐煩地看著面前一身青衣的太淵。

「山主大人，你最近好像心情不好啊！」太淵搖晃著他的摺扇，笑嘻嘻地說。

青鱗皺起眉，想不通他葫蘆裡又在賣什麼藥：「你和我還是不要來往的好，我們的關係沒有這麼密切。」

「早前的事就不要一直提起了吧。」太淵打了個哈哈：「從認識你第一天開始，我心裡就一直是對你佩服之至的。我們總算是……」

「你為什麼總有這麼多廢話好說？」青鱗越聽越不舒服，一心只想讓這麻煩的傢伙滾得越遠越好：「不要拐彎抹角，直說就好了！你又來做什麼？」

「你什麼時候學會這麼直接的？」太淵被他這麼搶白，頗覺無趣，搖著頭說：「以前只有和你說話要花些腦筋，沒想到你居然會變得和寒華一樣冰冷死板。」

「我沒時間陪你玩貓捉耗子的遊戲。」青鱗抿了抿嘴角：「如果你今天來是想找樂子，恐怕要讓你失望了。」

「我聽說，你招待了一位貴客？」太淵嘩地收攏摺扇。

「什麼貴客？我一向不喜歡招待外人。」青鱗臉色絲毫未變：「難道是七皇子你有意來我這裡作客，這樣的話，說是貴客才不為過。」

「聽說因為貴客喜愛梅花，所以逐雲宮裡種了一片梅林。」青鱗用扇子掩住嘴角，笑彎了眼睛：「沒想到大人你也懂得花費心思，討好心上人啊！」

「什麼心上人？七皇子你糊塗了。」青鱗漠然地看著他：「你認識我這麼多年，可曾見我把誰放在心上？」

「嘜！此一時，彼一時。」太淵緊盯著他的眼睛：「大人都『衝冠一怒為紅顏』了，怎麼還拿這些話來搪塞我呢？」

「我不明白你在說什麼。」

「我不過是好奇，只是想知道是什麼樣的人讓大人你動了情意。」太淵哪裡會由著他輕輕帶過：「不如讓我……」

「七皇子。」青鱗語氣沉了下去。

「只是開個玩笑，山主可千萬不要生氣啊！」

青鱗正要說話，突然覺得心頭一陣氣血翻湧。

「怎麼了？」太淵銳利的目光緊緊地看著他。

「你做了什麼？」青鱗霍地站起，聲音急促尖銳。

「我？」太淵一臉無辜：「我做什麼了？」

「你破了我的禁制！」青鱗說著就抬手拿下髮間的佩飾。

「等一下！」太淵連忙制止：「我人就在這裡，怎麼可能破解你的禁制？」

「不是你還會是誰？」青鱗冷哼一聲，手中的劍架到了對方頸上：「你是不是記恨我不給你龍鱗，所以做了什麼手腳？」

「那我怎麼會還站在這裡被你用劍指著？」太淵笑著用扇子慢慢移開了青鱗的玉劍。

「當今世上，除了你和寒華，還有誰能硬解我的禁制？」青鱗垂下手，玉劍錚然作響。

「硬解？」太淵的眼睛裡飛快閃過一絲訝異：「怎麼可能？」

「別作戲了，你到底想要幹什麼？」青鱗瞇起眼，散發出陣陣殺氣。

「我發誓，絕不是我做的！」太淵高舉雙手，有點笑不出來了：「與其在這裡問我這個什麼都不知道的人，去看看不是更好？」

青鱗皺了下眉，無數念頭一瞬轉過，狠狠地看了面前的太淵一眼，一個閃身，急速往殿外飛去。

太淵挑了挑眉，露出興味，急忙追著去了。

逐雲宮外，遠遠就能看見有個人影倒在梅林之中。

青鱗加快速度，一個眨眼就到了那個人影面前。等到看清那張失去意識的臉龐，才微不可聞地呼了口氣出來。

抬起頭四處張望，也感覺不到周圍有任何熟悉的氣息，他剛鬆開的眉頭又皺了起來。

手一揚，地上的人渾身一顫，醒了過來。

「霞衣。」他語調平靜地問著睜開眼睛的女子：「他人呢？」

霞衣的眼睛映出了他陰沉的表情，猛然睜大，裡面充滿了驚駭和絕望。

「他人呢！」看見霞衣只知道發抖害怕，一股不祥的預感湧上心頭，他忍不住揚高了聲音：「說啊！」

「我……我不知道……我不知道！」霞衣驚慌地搖著頭，否認著：「不是我，我什麼都沒有做！是他，是他把我打傷的！他差點把我殺了！山主，山主你救我啊！」

說到後來，聲淚俱下，抱住了青鱗的腿泣不成聲。

「他要殺妳？那妳怎麼會跑來這裡讓他殺？」青鱗踢開了她，一字一字地說：

「這裡不是彩霞宮，是逐雲宮！」

「我不知道！我不知道怎麼會這樣的！」霞衣往後挪動：「不是我，和我沒關係……」

「說！他到底——」話還沒有說完，青鱗突然抬頭看向東方。

遠處，一道七彩霓虹，伴著大量的水霧出現在半空。

「咦？」太淵喊了一聲：「護陣被破……難道是寒華……」

轉眼看見青鱗已經朝那裡去了，他連忙跟了上去。

8

傳說，天城山深處有一處深潭，潭深萬丈，不盈不竭。

可現在，這處深潭不見了，取而代之的是一座通往半空的白玉臺階。七層的玉臺，高懸在臺階的盡頭。

或者說，這才是這裡原本的模樣，所謂深潭，不過就是列了陣式所表現出的幻象而已。

陣式被破了……

誰也不能有把握地說，這世上能有破解青鱗所列陣式的人。就算是太淵，也不敢誇下海口，說自己能毫不費力地破去青鱗的陣式。

青鱗原本是掌管四方水域、八方界陣的術法陣師，他列在這裡的，是揉合了虛無之力的護陣，要是能夠硬破，何須費這麼大的周折？

其實，就算是寒華也不可能……

想到這裡，太淵看了身邊的青鱗一眼，目光猶疑不定起來。

「怎麼可能……」看著被破壞的陣式，青鱗同樣不能相信自己眼前所見。

玉臺高處，隱約可見飛揚的金色幡帶，等到了第六層處，終於可以看見高臺上的動靜。

長長的玉座上躺著的人依舊雙目緊閉，毫無知覺，一個近乎透明的身影跪坐在那裡，那雙透明的手攀上了昏睡之人的頸項……

「住手！」青鱗急跑兩步衝了過去，一把拉開了那雙像是要行凶的手：「傅雲蒼，你要做什麼？」

「我要做什麼？」被他抓住的蒼用一種奇怪的語氣說：「他已經死了……」

「他還沒死！」青鱗面色又是一沉：「誰允許你這麼放肆的？」

「青鱗……他是誰？你最愛的人……真的……是這樣嗎？」

「是你破了這個陣式？」青鱗並沒有注意去聽蒼呢喃著的話語：「你怎麼做到的？」

「是不是？」蒼抬頭看他。

「你說什麼？」青鱗瞥了站在後面、看來並不準備有所行動的太淵一眼：「跟我回去，以後不許你再到這裡來。要是這個人少一根寒毛，我絕不饒你！」

「是嗎？」蒼看著那個躺著的男人，仔細地端詳那張昏睡著依舊極為美麗的面孔：「他早就應該死了。」

「閉嘴！」青鱗狠狠地甩開他的手：「不許這麼說！」

「我就是要說！」蒼站了起來，臉上帶著詭異的微笑：「就算他再活過來，我也會殺了他！我活著，他就不能活著……我們兩個，永遠只能擇其一！」

「皇兄？」就在這時，站在兩人身後的太淵突然不大不小地驚呼了一聲。

正要勃然大怒的青鱗因為他這聲透著古怪的驚呼思緒一頓，連忙回頭去看身後玉座上的人。

人依舊昏睡，不見有任何異樣。

為防有詐，他急忙轉頭防備地看著太淵。

「你亂喊什麼！」青鱗走到太淵面前，不滿地瞪著他。

「皇兄！」就在這時，太淵又朝他身後喊了一聲。

青鱗看得很清楚，太淵臉上的表情不斷變換，看得出他正努力克制著心裡的緊張，力圖鎮靜。

他和太淵相識多年，深知他的為人，也很少看見老神在在的他如此不安。

「你在喊什麼？」說不被影響是假的，青鱗的語氣也沉重起來：「他還沒醒。」

「北鎮師大人。」太淵眼珠一轉，笑了笑，語調竟然有點僵硬：「我又不是只有一位皇兄……」

「這裡哪還有……」青鱗聲音一滯。

「太淵見過皇兄。」太淵越過他，行了大禮：「皇兄別來無恙？」

青鱗猛然一震，轉過身來。

太淵面前，站著的哪有別人？不就是那個白衣黑髮、清貴傲然的人。

陽光照射著那張孤絕美麗的容顏……

傅雲蒼！

蒼不認識這個人，所以他說：「我不認識你。」

「皇兄怎麼可能不記得我了，莫非是還在生我的氣？」那個自稱叫做太淵的人抬眼看他，露出有點討厭的笑容：「早知道會弄成今天這個局面，我當時就算拚了命也會阻止你們的。」

「我不認識你，不知道你在說什麼。」

「太淵，你在這裡胡說八道些什麼！」青鱗墨綠色的身影擋到了太淵面前：「你可以走了！從今往後，不許你再踏進天城山一步！」

「北鎮師大人，你說的這是什麼話？」太淵甩開摺扇，不緊不慢地扇著：「我和自家兄長敘敘舊而已，你為什麼這麼氣惱？」

「兄長？他不是你兄長！」蒼站在後面看不清青鱗的表情，只聽見他冷厲的聲音：「他不過是個鬼魂，你到底又想玩什麼把戲？不要信口開河！」

「哎呀，我的信用真的這麼差嗎？為什麼每次我說真話的時候，你們總是不相信我呢？」太淵笑得有些狡猾：「我可以用聖君之名起誓，站在你身後的這個人，的確是我的兄長。」

「什麼？他……是……不可能！」青鱗哼了一聲：「你當我是傻子？若他是你的兄長，我怎麼會沒有見過！」

「大人啊大人，你的記性真的不怎麼好啊。」太淵表情古怪地看著青鱗：「你真的親眼見過我所有兄長嗎？至少有一個啊……你真的忘了嗎？」

青鱗肩膀一僵，然後緩慢地轉過頭來。蒼第一次見到青鱗有這樣的表情。

「大人，讓我為你介紹一下吧！」太淵用扇子遮住了自己的嘴，像是很開心地說：「你面前這一位，是我的長兄，我父皇共工的長子，白王奇練。」

「奇……練……」蒼下意識重複著這兩個字。

「奇練？」青鱗退了一步，臉上的表情複雜難辨：「怎麼可能是奇練？」

「有什麼不可能的？」太淵回答：「我大皇兄可是純血龍族，就算遭受重創，哪怕我們都以為他無力再活了，他卻活下來，也沒什麼好奇怪的。」

純血……龍族……竟然會是奇練？為什麼偏偏會是奇練……那不就是註定了要……

「大人，你現在終於明白我沒騙你了吧！我大皇兄這一萬多年到底是在哪裡，我真的一點也不知情啊！」

「閉嘴！」青鱗大聲說道。

太淵欲言又止，眼中閃過一絲光亮。

「你是奇練嗎？」青鱗用力抓住蒼的肩膀：「告訴我，你是不是奇練？」

「奇練……」蒼茫茫然地反問：「是又怎麼樣？不是又怎麼樣？」

「如果你是的話……」青鱗竟然笑了，笑得那麼溫柔：「那就太好了！」

「我不知道。」蒼說，眼神冷了下來。

「不許這樣看我！」青鱗的笑容僵在了嘴邊：「就算你是奇練，也不許你這麼看我！」

「我厭煩了……青鱗，我厭煩了。」蒼推開了他：「從現在開始，你最好離我遠一點。」

「什麼？你居然敢……」

「我為什麼不敢？」蒼冷笑一聲：「什麼奇練鬼練的，我一概不知，你心裡的念頭，我也不想知道。我和你，再沒有半點關係！」

「傅雲蒼……」

「傅雲蒼已經死了。」蒼倨傲地看著他：「早就被你殺死了。」

「就算如此，你心裡還留著對我的情意，不是嗎？」青鱗一臉忍耐的表情：「下次不許你說這種讓人生氣的話。」

「沒有下次了，青鱗。」蒼搖了搖頭：「你不要誤會，我對你早就沒什麼情意了。」

「你說什麼?」

「你以為只有你一個人討厭輸給別人?」蒼冷冷淡淡地說:「還是你以為你對我做了什麼,值得我落到了這種地步還愛著你?你跟我開了個惡毒的玩笑,我只是不服氣罷了。憑什麼我要被你這樣耍弄?你好好想想,如果是你被人害得這麼淒慘,你還會愛著那個人嗎?」

青鱗揚起了眉。

「你生什麼氣?你有立場生氣嗎?」蒼搶在他前面說:「你假裝把我捧在手心裡,等我暈頭轉向了,又一下子把我踩到了腳底下。欺負我是個沒用的凡人、沒用的鬼魂,你吃死了我連反抗的力量都沒有。已經整整一百多年了,你還有什麼不滿意的?你要欺我到哪一步才肯放手,嗯?」

青鱗第一次見到他這麼咄咄逼人,本來要說的話被堵住,竟然僵在了那裡。

那個傅雲蒼……沉默寡言、冷傲到不屑和人爭辯的傅雲蒼……

「我不說,不代表我心裡沒有怨恨,沒有怒火。你千萬不要自作多情,以為我還會愛著你。要不你自己找個理由出來，你有哪裡值得我愛？」蒼微微側著頭，笑著問：「你有沒有忘記，在傅雲蒼成親的那天，你答應過他什麼？他又對你說了什麼？」

我說了，解青鱗是為你傅雲蒼而來的，除了你，我什麼都不要。

只要你記得今時今日在這裡對我所做的承諾，不論天涯海角，我都會和你在一起的。

「只要有一個人撒了謊，這個承諾就是假的。」蒼用手撩起了落到額前的頭髮：「世上從沒有過解青鱗，傅雲蒼也已經死了，你又有什麼理由要求傅雲蒼的鬼魂還愛著青鱗呢？」

「我不想聽這些廢話！」青鱗的臉色一片鐵青：「總之，不許你說這些讓人生厭的鬼話！」

「噗！」

青鱗一眼瞪了過去。

「對不起，對不起！」太淵趕忙捂住了自己的嘴，連聲道歉：「我只是想到了他現在的樣子……說是鬼話……真是很貼切……」

蒼也笑了出來。

「傳……你到底是什麼意思？」青鱗惱火地盯著蒼臉上那刺眼的笑容：「你竟然這麼羞辱我，你信不信我殺……」

「殺啊！」蒼挑釁地看著他。

「你……」青鱗的臉已經快要發黑了。

「不殺是吧？」蒼也不看他，朝他身後說：「那個誰。」

「太淵！」太淵急忙湊上前來。

「你說，我是你的兄長？」

「是，你是我皇兄的轉世，我絕不會認錯的！」太淵笑著，頗有些討好的意味。

「既然是兄弟，你幫不幫我？」蒼朝他笑著，兩個人臉上的笑容竟然有些相似。

「皇兄有什麼差遣，我拚了命也要幫的！」太淵分了個興致勃勃的眼神給青鱗：「不知皇兄有什麼吩咐？」

「我要離開這裡，要是有人阻攔我，你怎麼辦？」

「皇兄放心，只要有我在，沒有人能阻攔皇兄自由離去。」太淵恭敬地回答。

「很好。」說完，蒼轉身就走。

「你去哪裡？」青鱗伸手過來抓他。

「噯！」伸出的手被一把摺扇擋在了半空：「大人，我皇兄當然是要和我一起回千水之城去了。」

「太淵，你別太過分！」青鱗湊近他，語氣陰冷地說：「別怪我不客氣。」

「大人不要動怒。」可太淵不想退讓的時候，又有誰能令他讓步？「在這裡動手，可不大好吧？」

說完，看了看躺在玉座上不知是死是活的那個。

「大人也不想鬧得不可收拾吧？」

青鱗臉色越發難看，太淵笑得越發開心起來。

「大人你雖然曾效命於我父皇，和我們淵源頗深，但父皇已經故去，皇兄現在是我族中最上位者，大人就算不再效力水族，也不應該對我皇兄失了禮數。若是大人和我皇兄之間，真的有什麼必須說清的糾葛，那就請按照規矩，來千水之城求見吧！」

青鱗冷眼看著他朝自己作了一揖，帶著那種令人厭惡的笑容走到了蒼的身邊。

「皇兄，請。」太淵手一揚。

蒼沒有再看青鱗一眼，乘著風飛去了。

「我所提議的事，大人是不是會好好考慮一下呢？這一回，也不是什麼空口無憑的事了吧！」太淵臨走時別有用意地說道：「那大人，我們後會有期了。」

轉眼，只剩青鱗一人站在玉臺之上。他深深地吸了口氣，壓下滿懷怒火。

這麼多年來，他第一次完全被人壓在下風，感覺無處著力反擊。

就算當年被太淵使計暗算，也能靠著預先留下的後手，沒讓太淵討去什麼便宜。偏偏這一次，心裡一點底也沒有……

他走到玉座旁，看著躺在玉座上不言不動的那人，想起傅雲蒼離開前的目光。

「他真的是奇練嗎？」他的眉宇緊鎖，像是在詢問，又像是自言自語：「不可能的！傅雲蒼怎麼可能會是奇練……」

「太淵。」

「皇兄！」太淵連忙落後兩步，和他並肩飛行。

「我很不喜歡你。」蒼盯著他。

「這個……皇兄還是一樣直言快語。」太淵咳了一聲。

「那個人……是誰？」

「皇兄指的是青鱗大人？」太淵眼珠一轉：「青鱗大人可說是水族中的異類，雖然不是龍族，卻比我們都要精通上古陣法。他昔日受封鎮守北方，實際上卻控制著四方鎮師。要說他是父皇的左膀右臂，真一點也不誇張。這些皇兄你都忘了嗎？」

「我不清楚，我想要知道的是那個人……躺在那裡的是誰？」

「躺在那裡的人？」太淵驚訝地說：「皇兄你竟連六皇兄也不記得了？」

「六……」

「六皇兄啊！」太淵點著頭說：「皇兄你當年就是因為和六皇兄鬥法，才會傷重不治，不知所蹤。」

「兄弟嗎？」那個看來這麼討厭的人，會是自己另一個兄弟？

「當然了，六皇兄就是蒼王孤虹。」說到這個名字，太淵又咳了一聲：「他素來和皇兄你不合，只因在我們兄弟七人之中，唯有皇兄你和他是真龍之身，有資格繼承父皇的族長之位。」

「蒼王，孤……虹……」蒼心中一動，只覺得這個名字……

「父皇共工觸不周山而亡，當時在我水族之中，為了族長之位，支持皇兄和支持六皇兄的分作了兩派。最後一次大戰，你們兩人力鬥受傷，其後火族乘勢進攻，皇兄和六皇兄雖然聯手殺了祝融，卻雙雙傷勢慘重，只能退守於千水之城。」

太淵嘆了口氣，臉色沉重：「城破之時，局面混亂不堪，我僅以身免，後來才知道六皇兄被北鎮師親自帶走，皇兄你卻不知下落。我還以為皇兄已經……沒想到皇兄居然轉世重生，實在是太好了！」

「他……救走了別人？」聽在蒼耳朵裡的，只有這麼一句。

「這個啊……也許當時皇兄你已經恢復，自己先行離開了……」太淵支支吾吾：「何況……六皇兄和他……好像別有淵源……」

看見蒼詢問的目光，太淵急忙擺手：「我不清楚，只是隱約猜測。以北鎮師大人的為人，如果不是別樣的原因，絕對不會冒這個險的。」

青鱗他……不會毫無原因對別人好的……

「你是個厲害的人物，用不著對我擺出一副謙卑的模樣。我不知道你想做什麼，也沒興趣知道。」蒼淡漠地看著這個據說是自己前世兄弟的人：「如果像你所說，前世的我和自己的兄弟為了爭權也能鬥得你死我活，怎麼可能和你有什麼太深的感情。我現在也只是利用你避開青鱗，如果有什麼條件，儘管說出來就行了。」

「皇兄你真的誤會了，我向來對皇兄最是景仰，絕對沒有不敬的念頭！」太淵急忙表明自己的立場：「也許皇兄現在不記得了，可在當年我一直是追隨著皇兄的啊！如果說什麼條件，皇兄實在是錯看我太淵了。」

「是嗎？」蒼的聲音滿是不以為然。

「啊！皇兄你看，千水之城到了！」太淵指向前方。

隨著他指的方向看去，只瞧見一片水霧瀰漫之中，巍然的白色城池若隱若現。

「皇兄。」太淵突然看了看他的側臉，輕笑著說：「你真是變了不少。」

9

東海，千水之城。

「皇兄，你雖然離開多年，可這裡還是依照了當年的陳設，不知你是否滿意？」

「心裡舒服，住在哪裡都是舒服的。」蒼站在窗前，頭也不回地說：「要是心裡覺得缺憾，擁有再多也不會滿足。對我來說，在哪裡都一樣。」

「皇兄說得極是。」太淵嘆了口氣：「自從父皇和諸位皇兄不在，我總覺得心裡空空落落的。這座城池越看越是荒涼，想來也是因為覺得缺憾吧。」

「得到很多，失去的也不會少。像你這樣的人，一定不會在意失去過什麼，只是為了得到的而沾沾自喜。」蒼微微垂下了眼簾：「你和青鱗，是同一類人。」

「皇兄，如果不是你外貌絲毫沒有改變，我怎麼也不信你會是我的皇兄。」太淵笑著說：「你和以前……真的是判若兩人啊！」

「以前？我以前是什麼樣子？」蒼的聲音裡聽不出有太大的興趣，像是順著他的語氣隨意發問。

「以前？」在他背後，太淵笑得有些不自然：「皇兄是父皇最賞識的皇子，常年在外討伐異族。說實話，我對皇兄向來又敬又怕，因為皇兄不太喜歡和人親近，和皇兄在一起總不免覺得有些拘束。」

「聽起來是個討人厭的傢伙。」

「不！皇兄雖然性格孤傲，但是驍勇善戰、才智過人，在諸位皇兄之中，無人可出其右。所以……」太淵說到這裡停了一下：「所以，父皇一向有意要讓皇兄接掌他的位子。」

「要真是那樣，我的確和你那個皇兄不怎麼像。」蒼淡淡地說著：「你確定沒有認錯嗎？」

「皇兄說笑了，還說什麼『你的皇兄』，你分明就是我的皇兄啊！」太淵急忙解釋：「皇兄你不要誤會，我沒有別的意思。要知道皇兄曾經轉世為人，紅塵俗世，最會磨礪改變心性，如果皇兄的性格絲毫未變，那才讓人吃驚。」

「反正我不記得了，你怎麼說都好。」蒼側過頭，勾了下嘴角：「隨你說吧，我記性不好，過陣子就會忘了。」

「記性不好？不會吧！我看……」

「太淵，你愛過嗎？不是你自己，而是另一個獨立存在的生命……」蒼突然打斷了他。

「愛？」太淵挑了挑眉：「愛過啊！愛得天翻地覆，日月無光。」

「對方是個什麼樣的人？」

「很特別很特別的人。」太淵微笑著回答，目光也深遠起來：「總是穿著紅色的衣服，身上有火焰的味道……」

「其他呢？」久沒有下文，蒼又問：「只有這些嗎？那個讓你愛得天翻地覆的人，只是一個影子嗎？」

「影子？」

「你不覺得自己把這個人形容得像是一個不真實的影子？我敢說，對方到底長什麼樣，你大概都不記得了。」

「怎麼會不記得？」太淵笑出了聲：「就算再過幾萬年，我都不會忘記的。」

「也許只是你以為自己還記得。」蒼不知為什麼原因，篤定地說：「我來猜一猜，你始終沒有得到過這個人的心，然後許多年裡，你一直耿耿於懷，所以始終執著於這個人愛不愛你。至於你愛不愛他，也是次要的問題了。總之，不過就是幼稚無聊的意氣。」

「你……」

「你生氣了？」

「噯！皇兄只是在說笑，我怎麼會生氣呢？」太淵用摺扇掩住了嘴角，眼裡笑意盈盈。

「原來你沒有生氣啊，我還以為你生氣了。」蒼掉頭看向窗外：「真抱歉這麼說，不過我還是很討厭你。」

太淵，我一直都覺得你很討厭，從你生下來開始。如果不是你命大，早不知道死在我手裡多少回了，所以現在敗在你的手裡，我無話可說。

你笑吧！就算你笑到了最後，就算你贏了這場不光彩的戰爭，也不過是一個看起來勝利的失敗者……

「既然皇兄不想看見我，那我就不打擾皇兄了。」太淵笑著，行禮告退。

天城山。

「山主。」隨侍拿著長卷說：「據報，西面的狼族和北方的九黎族……」

「下去吧。」他心不在焉地揮了揮手。

「可是山主，這事情……」

「我說下去！」他啪地拍響桌子。

「是……」隨侍一臉為難地退了出去。

他站起來，走到窗前，用力呼了口氣。

世上從沒有過解青鱗，傅雲蒼也已經死了，你又有什麼理由要求傅雲蒼的鬼魂還愛著青鱗呢？

要求？誰要求了？明明是他愛上了自己，自己不過是和他玩了個遊戲，現在居然說什麼要求？

哼！不愛就不愛，不過是個遊戲，誰稀罕你愛不愛我？我才不在乎……

你千萬不要自作多情，以為我還會愛著你。要不你自己找個理由出來，你有哪裡值得我愛？

該死的！

你是青鱗……不論你是人是妖，你就是青鱗。我說了和青鱗天涯海角，永不分離，就是和你天涯海角永不分離。

該死的！

山主，就算你有通天徹地的法力，總也有東西是後悔也無法挽回的，比如……時間……

「該死的！該死的！該死的！」青鱗一腳踹向書案，書案撞到牆頭，立刻四分五裂。

該死的傅雲蒼！該死的傅雲蒼！該死的……他為什麼不是傅雲蒼！他是奇練……為什麼他會是奇練？

你說北鎮師？他算什麼東西，一條不入流的看門狗也配這麼大搖大擺地出入千水之城？我們水族的臉面，就是被這些底下人給敗了精光，害我成天要被那隻爛烏奚落。

「奇練……」青鱗的面目一陣扭曲。

白王奇練！要不是當年你這麼羞辱我，我又怎麼會……怎麼會……

北鎮師……我記得你！

怎麼？你也要叛出水族了？我就說非我族類，其心必異！

你想殺我？憑你，還不配！

青鱗深吸了口氣，按住了急跳不止的心口。

白王奇練，這麼多年以來，這個名字就是哽在他心裡的一根刺，每每想到，總是讓他怒火狂燃。

可是，這個讓他記恨了千萬年的人，居然是……

「傅雲蒼……雲蒼……」他的嘴裡念著這個名字，眼前像是浮現起了多年前的一幕場景。

消瘦單薄的身影孤獨地站在迴廊裡，伸手朝著夜空，眼睛卻眨也不眨地看著自己，說著：「不知何時，才會有人願贈我一握月光？」

你會後悔，你會和我一樣，後悔千年，萬年……等你知道你對自己做了多麼聰明的事情，你就會後悔的。

後悔？不，我絕對沒有後悔！我一定不會後悔！只不過，只不過……

青鱗用力地握緊了自己的右手。

不管了！不管這些該死的後悔不後悔，不管他是傅雲蒼還是奇練，總之……總之不能讓他在太淵的身邊待得太久。

不是擔心他！絕對不是！只是萬一太淵有什麼對自己不利的動作，又或者他……他知道了……那絕對不行！

此時，遠在東海的千水之城，蒼正仰頭遙望天際。

「你不要來，好不好？」褪去了淡然或者迷茫的外表，蒼的臉上流露出痛苦和矛盾：「我們不要輸給了宿命，好不好？」

從相識那一刻起，就沒有誰輸誰贏，我們都會輸……輸給早已註定的命運……

夜，天上雖有明月，卻被升騰水氣遮蓋得暗然，沒有絲毫光彩。

蒼倚窗而坐，眼裡不見梅花，心卻是飄到了遙遠的地方。

棲鳳山上的那一片白梅……滄海桑田……從心裡翻找出來的時候，才發現竟然是那麼久以前的記憶了……

是什麼樣的感情，竟然連刻意安排的人生都出了差錯？還是前生註定的事……註定逃不開的因緣……

為什麼呢？和誰糾纏不好，為什麼偏要和那個無情無義的人牽扯得這麼深？

無聲的嘆息溢出嘴唇，縈繞在一片水霧迷濛之中。

「你在想誰？那個叫無名的男人？」

蒼猛然一驚，立刻坐直了身子。

水氣裡，朦朦朧朧有一個暗色的影子。

「青鱗？」蒼愣然地說道：「是你……」

「你以為是誰？」青鱗走得近了，慢慢顯露出暗綠色的長髮、暗綠色的眼眸。是在笑著，笑意卻只停留在嘴角。「是那個無名嗎？」

「你總提起無名做什麼？」蒼皺起眉：「我是在想他，又關你什麼事了？」

「我討厭他一直用無所不知的樣子看著我，不過是一個不仙不魔、沒有力量的廢物。」青鱗深吸了口氣：「也許殺了他才好。」

「莫名其妙！」蒼長眉一挑，顯得冷酷傲然。「你到底是來做什麼的？」

「我來做什麼？」看見他這麼冷淡疏離的模樣，青鱗只覺得心裡有一股火氣湧了上來：「你難道忘了，你並沒有得到我的允許，是擅自離開的？」

「那又如何？」蒼冷冷一笑：「青鱗，我不是你的東西。我要走就走，哪裡要你的允許？」

「你是想和太淵一個鼻孔出氣，來對付我嗎？」青鱗怒道。

「對付你？不需要。」蒼站了起來，隔著花窗，用輕蔑不屑的眼神看他：「你算什麼東西，還值得我花費心思對付？」

「你再說一遍！」青鱗臉上的笑容徹底崩潰，伸手抓住他半長的頭髮，粗暴地把他拉到自己面前。

「青鱗，你以為自己和太淵有什麼不同？說到下流狠毒，你們半斤八兩。」蒼在他耳邊輕聲說道：「還有，你最好對我客氣一點，太淵雖然不在城裡，可要是我引了人來，你還是不想的吧？」

青鱗忍不住鬆開了些許鉗制，帶著焦躁問道：「你到底要怎麼樣才肯跟我離開？」

「你這麼問我，我怎麼答才好呢？」蒼輕輕笑了一聲：「青鱗，你這麼緊張地要我跟你走，我是不是可以假設，其實你愛上了我，害怕太淵會對我不利，所以特意趁著他不在，深夜前來帶我離開？」

「胡說八道！」

「本就是胡說八道，你叫這麼大聲做什麼？」蒼微涼的手及時覆上了青鱗的嘴唇：「你真想引人來嗎？」

「大皇子！」話音剛落，外間就傳來了問話：「可是出什麼事了？」

「沒事。」蒼回答：「我要睡了，妳離得遠些，別來打擾。」

「是。」侍女答了一聲。

聽見腳步遠去，蒼才放下了手，帶著刻意的調侃看著臉色陰晴不定的青鱗。

「青鱗，你聽見了嗎？我是這千水之城的大皇子，不再是那個任你搓圓捏扁的傅雲蒼了。如果要我放棄這些和你回天城山當個囚徒，除非……」蒼緊盯著他深綠的眼睛：「除非你承認你愛上了我……」

「沒有！」

「那麼，討論破裂！」蒼揮了揮手，像趕蒼蠅一樣：「你可以走了。」

「傅雲蒼，你以為你是誰！」青鱗的臉色陰沉得可怕，要是在天城山上見到他這個模樣，接下來一定會有人喪命了。

「我是水族皇子奇練。」蒼側著頭看他，一點也不把他可怕的樣子放在心上：「不是嗎？北鎮師青鱗。」

「太淵他根本就是在……」

「利用我？」蒼輕飄飄地說：「那你呢？青鱗，你敢說你不是也在等著利用我嗎？」

「不……」

「不？問你愛不愛我答得那麼響亮，現在又為什麼答得這麼這麼不能肯定？」蒼認認真真地看著他：「青鱗，你走吧！我不想再看見你，生生世世都不想再見到你了。」

「傅雲蒼！」

「嗯？」

「你不走就算了！」青鱗鐵青著臉，甩袖就走。

「一路走好。」蒼在他身後和他揮手道別。

「無聊！」那個深綠色的影子轉眼就消失在了水霧之中，蒼輕哼一聲。

「皇兄是在說誰無聊啊，不是說我吧？」

「你不是出城去了？」蒼微微一驚。

「出去了當然是要回來的。」太淵瀟灑的身影從另一頭慢悠悠地走近：「我本來想和皇兄請安問好，不巧碰見了皇兄你正在和北鎮師大人……」

「是啊，真是不巧。」蒼淡淡地回答。

「北鎮師大人對皇兄……真是情深意重啊！」

「這種噁心的話虧你說得出口。」蒼打了個呵欠：「我倦了，你走吧。」

「北鎮師大人他，愛上皇兄你了吧！」太淵眼珠子轉了一轉。

「這種事我不清楚，你應該去問他才對。」蒼停下了關窗的動作，笑著回答：「他的反應一定會很有趣。」

「這麼明顯的事實何必要問？就算他再怎麼不肯承認，只要有眼睛的，都看得出來嘛！」太淵用摺扇掩住嘴角，像是在偷笑：「沒想到向來以冷酷可怕、心機深沉聞名的北鎮師大人，也會因為皇兄你大失常態，真是千萬年來難得一見的異象啊！」

「他和你一樣不是什麼好東西，誰知道是不是在打什麼壞主意。」蒼不在意地說：「如果是真的，那實在是太好了。我恨不得他難受到死才好。」

「哦？皇兄你這麼狠心啊！」太淵詫異地說：「皇兄不是曾經對他傾心相許

嗎？再怎麼說，情緣應該猶在啊！」

「太淵，你倒是知道得不少。看來你對我的事真的很有興趣。」蒼邊說，邊朝他勾了勾手指。

太淵興沖沖地把頭湊了過去。

「太淵。」蒼就像是對待小孩子一樣，笑咪咪地拍拍他的臉頰：「虧欠我一分，可是要還我十分的，這一點，你要記得。」

太淵臉色迅速地變化了一下，卻沒有逃過蒼的眼睛。

「皇兄真是愛說笑。」太淵堅定地說著：「皇兄你儘管放心，要是有誰敢對皇兄不敬，我第一個不放過他！」

「很好！」蒼嘉許地點了點頭，笑得更加開心了。

「皇兄請休息吧，我就不打擾了。」太淵朝蒼行了個禮。

蒼點點頭，反手關上窗戶。過了好一陣，他才慢慢地滑坐到地上，輕聲地呼了口氣。

和這個狡猾厲害的太淵打交道，真是讓人身心疲累。

低下頭，正好看見了自己左手掌心的刻印。

北鎮師大人他，愛上皇兄你了吧！

想到太淵方才說的話，蒼自嘲地笑了。一邊笑，一邊覺得自己簡直蠢到了極點：「我也不算是個白痴，怎麼偏偏會為了這麼個騙子……」

如果有眼淚……恐怕早就淚流滿面了……

「青鱗，你這個騙子，你這個白痴……」

「傅雲蒼。」

蒼的腦海剎那之間一片空白。

他的眼前有一雙鞋子，綠色的，深深的墨綠色……

他慢慢地抬起了頭。

「傅雲蒼。」青鱗的臉上沒有什麼表情：「要是我沒聽錯，你是在罵我。」

「你……」蒼像是受了驚嚇，整個人靠在牆壁上。

「我沒有走。」青鱗一臉深思地看著他：「我不敢說瞭解太淵，可認識他少說有幾萬年了。連你都猜到他躲在暗處，我又怎麼會想不到呢？」

「太淵在不在有什麼關係？我的事不用你管。總之，我不會跟你走的。」

「傅雲蒼，我……不愛你！」

「我知道，這一點你不用一再強調。」蒼冷哼一聲：「要是你愛我還把我害成這個樣子，這愛也未免太可怕了。」

「我從來都不愛你，你還有可能愛著我嗎？」青鱗蹲了下來，和他平視。

「你問這種無聊的問題做什麼？」蒼笑了笑。

「我不愛你，不過……」青鱗竟然有一瞬避開了和他的視線接觸：「不過你既然愛我……也不會隨隨便便就不愛了……那麼……那麼……」

蒼一臉疑惑不解，青鱗「那麼」了很久都沒能說出什麼來。

「你在說什麼呢？」蒼站了起來：「你不是想說，你也愛上了我吧！」

青鱗的臉一下子又青成了一片：「你別做夢了，我會愛上你……不可能！」

「那你一直纏著我做什麼？」蒼傲然地看著他。「你是覺得我還會上你的當？你和太淵兩個人，都太會作戲了，真真假假，恐怕連你們自己都分不清。就算現在你說你愛我入骨，我也再不會信你，也不敢信你。雖然我不知道『奇練』到底有什麼價值，可我心裡很清楚，你和太淵，無非就是想利用我。」

「不是。」青鱗站了起來。

「你說不是，就真的不是了嗎？」蒼搖著頭：「青鱗，我早就對你失望透頂了。既然一樣是被利用，我總能選擇利用我的人。」

「夠了！傅雲蒼，我知道你心裡一直怨我，可現在不是賭氣的時候。」青鱗握緊了拳頭：「你知不知道當年水火兩族覆滅，完全是太淵一手造成的。他現在看來對你謙恭溫順，轉眼就能害得你永不超生。你留在這裡，只是與虎謀皮，自尋死路！」

「我早就與虎謀皮，自尋死路過了。」蒼淡然地看著他：「一次和兩次，有什麼區別？」

「要是魂飛魄散，你就會……」

「青鱗，如果傅雲蒼只是凡人，那在白梅嶺上不是也就魂飛魄散、永不超生了？」蒼冷冷地笑著：「這些話從你嘴裡說出來，你自己不覺得荒謬嗎？你殺我的時候毫不留情，換成別人殺我，你就不捨得了？」

青鱗閉上了嘴，只是看著他。

「你不說話，是不是因為無話可說了？」

「我不想和你做無謂的爭辯。」青鱗出乎意料地笑了：「反正，你願不願意，都得跟我離開這裡。」

「這裡是千水之城，你別想強迫……」話音戛然而止。

青鱗伸出手，正好接住蒼僵直倒下的身軀。

「不是想，我就是要強迫你跟我走。」看見蒼圓睜的雙目，青鱗的心情忽然之間變得很好：「你以為我在千水之城的禁制裡不能用法力，就沒辦法讓你乖乖跟我走了？我就知道你麻煩透頂，到最後還是得用上這個。」

蒼的眼睛越睜越大，青鱗敢說，要是他能說話，一定會口出惡言。

「沒關係，你既然喜歡和我爭辯，我們就回天城山慢慢爭，慢慢辯。」青鱗一個打橫，把他抱了起來。

蒼心裡急得要死，偏偏沒有什麼辦法，就算千百個不願意，還是只能被他抱著，眼睜睜看著自己出了屋子，往城外飛去。

10

「傅雲蒼……你要愛我……就愛吧！」

風裡，傳來了輕微的聲音，輕微得幾乎像是不存在一樣。

蒼愕然地抬頭看著青鱗。

說什麼呢？什麼叫「你要愛就讓你愛吧」，這種施捨一樣的口氣……

「這麼看我做什麼？」青鱗猛地低頭，帶著怒氣的眼睛對上他同樣火冒三丈的目光：「我說讓你愛，你愛就是了！」

蒼突然覺得很可笑，他的眼睛裡一定也流露出了這種嘲笑的意味，因為青鱗更加生氣了。

「我不管你是奇練還是傅雲蒼，最好都不要惹我生氣，否則……否則我就……」青鱗的眼睛微微抽動著，看得出正在極力掩蓋自己的怒火：「否則我就把你扔下去！」

這個……也算是恐嚇？不是讓你求死不能之類青鱗慣用的狠話，而是這種……這種聽起來……

蒼愣住了，而青鱗似乎也知道自己這句話說得有點無力，急忙抬起頭看著前面，不再說話。

風聲從耳邊掠過，蒼躺在青鱗的懷裡，靜靜地看著他。

他們不知有多少年沒這麼安安靜靜地相處過了，通常是說不到三句就開始冷嘲熱諷，十句裡有九句不是真心話。

一個從謊言開始的遊戲，又怎麼能期望始作俑者付出真心？

話說回來，這個冷血的青鱗到底有沒有心，還是件值得商榷的事情。

青鱗是冷血的青鱗，無情的青鱗，以踐踏他人為樂的青鱗。自己早就看穿了這一點，所以對於青鱗也許會愛上自己這種渺茫的奢望，自從傅雲蒼死後，再也沒有去想過。

刻骨銘心的愛，隨著傅雲蒼死在了白梅嶺。留下的，只是不甘心……

就像那塊碎了的琉璃，碎了就是碎了，哪怕再怎麼費心黏貼起來，總也會留下裂痕，總有一天會再碎一次。

何況，那琉璃和相思早就一同成了灰……

「你哭什麼！」回過神，青鱗居然又在瞪他：「不許哭！」

「我沒哭。」他清清楚楚地在青鱗綠色的眼睛裡看見了自己的臉，所以他知道自己沒哭：「鬼是不會哭的。」

「那就別擺出這種樣子。」青鱗沉聲說道：「看了就讓人討厭！」

要是討厭我，那你看什麼？

這句話要是說了，他會很生氣吧！可為什麼呢？

青鱗是個自視甚高的人，他肆意地玩弄著別人，喜歡把所有一切踩在腳下的感覺。

這一點，他和太淵頗為相似，但他缺少了太淵的堅忍，所以他做不到太淵的喜怒不形於色。

如果他動了怒，第一反應就是讓冒犯了他的人永遠消失。哪怕對他再有用處的人，他的容忍限度也是可一可二不可三的。

可是，自己今天一而再，再而三地頂撞他，激怒他，得到的卻是……

否則我就把你扔下去！

青鱗說這些狠話的時候，就算是已經咬牙切齒，怒不可遏，眼睛裡卻沒有看見半點殺機。就算說要把自己扔下去，到現在還是好好地抱著。

有哪裡不一樣了……為什麼呢？

難道說……不，這不可能！還有更加荒唐的假設嗎？比被青鱗愛上了還要荒唐的……

「你看，就要到天城山了。」青鱗低頭朝他笑了一下，志得意滿地說著：「這回，哪怕太淵來了，也別想把你帶走。」

蒼幾乎聽見了自己胸膛裡有什麼裂開的聲音。

青鱗……青鱗……不！不能去天城山，不能和他待在一起！

「你做什麼！」青鱗一驚，差點把他甩出去，可在最後一刻硬生生忍住。

「我不能和你回天城山。」蒼煞白的臉上有一種令人不寒而慄的凌厲：「放開我！」

蒼的黑髮不知何時纏上了青鱗環抱著他的手臂。

「住手！」青鱗幾乎氣急敗壞地朝他吼著：「你就這麼不願跟我回去？」

「不要逼我，青鱗。」蒼吸收了青鱗的法力，頭髮漸漸變長：「你現在放手，我們各走各的不是很好？」

「你想都別想！」青鱗的臉色已經有些發白。

越來越多頭髮捲了上來，蒼正試著趁勢掙脫他的懷抱。

「你不要命了！」青鱗停下飛行，咬著牙，依舊把他抱著。

「青鱗……」蒼目光一黯：「我早就不是凡人了，你摔不死我的。」

「那也不許！你想和我把關係撇得一清二楚，簡直就是作夢！」青鱗深吸了口氣：「你要我的修為？好！我看你能拿多少！」

「你……不放手？」蒼沒有料到他到了這個地步還是不肯放手，一時愣在了當場：「為什麼？」

「不為什麼，我就是不放。」感覺到蒼停了下來，青鱗揚起了笑容：「你乖乖跟我回去就是，其他的事，不用你管！」

「你簡直就是……小心！」眼角依稀見到一絲冷光，蒼再也顧不得多說，凌空一個翻身轉到了青鱗的背後。

「走開！」他快，青鱗的反應也不慢，反手就用力把他推了出去。

寒芒閃過，青鱗的悶哼隨著漫天血雨飛濺了出來。

電光石火的剎那，蒼眼裡什麼也沒有看到，只覺得一片鋪天蓋地的血紅迎面而來。溫熱的液體濺到臉上，濃重的血腥味讓他的胸口一陣緊縮。

「青鱗！」直到看見那墨綠色的身影一頭栽下了雲端，他才驚醒過來，也顧不得那奪命的長劍會不會刺向自己，他第一個反應就是隨著青鱗躍了下去。

漸漸接近了青鱗下墜的身子，他用手一抓。一個落空，他的心裡咯噔一響。容不得猶豫，他甩出長髮纏了上去，用力扯慢了對方下墜的速度，終於一把攬住了青鱗。

他的心終於定了下來，在半空一個旋轉，穩穩落到了地上。

踏到地面以後，他忙不迭地去看青鱗。這一看，他只覺得手腳一軟，竟然支撐不住，跪坐到了地上，靠著他的青鱗跟著滑了下來。

啪的一聲，有樣東西落到了一旁，蒼一看，更是頭暈目眩起來。

墨綠色的布料已經變成了深濃的黑色，包裹著的……那是……那是青鱗的……

「真是可惜，竟然只斬下了他的一隻手臂。」一個溫和的聲音這麼說著。

蒼慢慢地抬起了頭。雪亮的寒光就像是暗夜裡的一道閃電，遮蓋了天地間所有的光亮。冰冷的光芒裡，映照著一張溫文爾雅的臉孔。

「皇兄，你受驚了。」那個人用一種奇特緩慢的語調，揉合著謙恭卻又不失驕橫地說：「我一時疏忽，讓他有機會把皇兄掠帶出城，實在是大大的不該啊！還請皇兄不要怪罪我遲遲趕到才好。」

「太淵！」

「是我。」寒光隱去，一身天青色衣衫的太淵拿著他的摺扇，風度翩翩地站在他的面前。

蒼抬頭看他，暗黑色的眼睛裡醞釀著一種罕有的情緒。

「青鱗大逆不道，膽敢再三冒犯皇兄，我現在砍斷他一隻手臂，算是略施薄懲。」太淵笑著說道：「我記得皇兄說過，恨不得他死了才好。都是我沒用，沒能一劍斬下他的頭顱獻給皇兄。」

說完，還裝模作樣地嘆了口氣。

蒼低頭看了看青鱗被斬落的手臂，攬住青鱗的雙手忍不住加重了力道。

「誰讓你多事的！」從他的齒縫裡擠出了聲音。

「我知道我這是越俎代庖，不過，也只是想為皇兄分憂啊！」太淵嘩地打開摺扇，心情好得不得了：「北鎮師本是我水族治下，居然膽敢犯上，這樣輕微的懲戒也是便宜他了。」

「輕微？」

「我用的這把劍不是一般的兵刃，就算他有通天徹地的能耐，這隻左臂也再長不出來了。」太淵一字一字地說著，要讓蒼聽得清清楚楚：「不過只是手臂，的確不夠抵罪。皇兄，你可是覺得這懲戒太輕微了？」

「他還是低估了你……」

「多謝皇兄誇獎，我可不敢居功。」太淵搖著扇子：「要不是他剛才想要推開皇兄，我與許連他的手臂都斬不著，實在是慚愧！」

接著，太淵滿意地看到蒼咬緊了牙關。

所以說，情，實在是最鋒利的劍刃，能斬開世上一切看似最冰冷、最無求，又或最堅硬的心。

皇兄啊皇兄，你竟然也有今天這種模樣！任你昔日如何翻雲覆雨，他又怎麼詭譎狠辣，今天還不是栽在這個看似最無用的情字上頭？最重要的，你們還不是敗給了我？一次，然後……再一次！

想到這裡，太淵真是從心底裡高興了起來。

「太淵，終有一天，我會殺了你。」蒼輕聲地說。

「這可是皇兄最高的讚賞，多謝皇兄了。」太淵笑吟吟地答道：「記得以前皇兄也曾經這麼誇獎我，再次聽見，還是這麼令我惶恐。」

「說吧！你到底想怎麼樣？」

「皇兄，你都沒有發現這是什麼地方嗎？」太淵驚訝地問。

「你要我幫你解開這個界陣？」蒼依舊沒有抬頭。

「不敢隱瞞皇兄。」太淵邊點頭邊說：「我需要龍鱗，純血真龍背上的金色龍鱗。縱觀我族，除了父皇，只有大皇兄和六皇兄兩個是純血。皇兄你轉世為人，現在更是魂魄之身，根本沒有龍鱗。如此一來，只有沉睡在護陣之中的那位，才能給我龍鱗了。」

「為了幾個鱗片……」

「或許對皇兄來說只是幾個鱗片，對我來說，這幾個鱗片可是意義非凡啊！」太淵舉目四顧，目光掠過深潭山壁：「硬破這陣要大損我的法力，要不是礙於青鱗難纏得要命，寒華也處處掣肘於我，我又何必煞費苦心。」

「你費盡心機就是要這東西，順便暗算青鱗，也算是除去了心頭大患，的確是一舉兩得的好事。」蒼雖然表面平靜，但心裡一時真的想不出什麼辦法來對付這奸猾似鬼的太淵。

「皇兄，你就不用猶豫了，這一時半會的，恐怕不會有救兵從天而降。」太淵哪不知道他是在拖延時間。「至於青鱗，他斷臂受傷，只會拖累皇兄。皇兄也斷不會捨他而去，所以……皇兄一定會幫我這個忙的，對嗎？」

蒼看著身邊臉色死灰、似昏似醒的青鱗，情知已是騎虎難下。

「太淵啊太淵，你這麼做到底是為了什麼？」蒼放下青鱗，站了起來。

「皇兄，我們都是為了自己的目標活著。對我來說，只要能達到那個目標，哪怕毀天滅地，也不過爾爾。」太淵難得一見地正色說道：「青鱗懂我，所以當年他幫我完成了誅神陣。而皇兄你，直到最後也沒有覺得我大逆不道，我還以為皇兄你也懂我。」

「我是隱約記得的，我想我也知道一點。可是你自己知不知道心裡到底是想要什麼呢？」蒼看他，眼神中透著憐憫：「太淵，不要說我沒有提醒你，玩火者必自焚，這句話你總聽說過吧！」

太淵本想開口，但旋即微皺起了眉，像是想到了什麼。

「這人害我好苦，是該受些教訓，你要他一隻手臂也不為過。」蒼突然笑了：「不過，剩下的還是留給我吧！他欠我的，註定要親手還給我。」

「太淵謹遵皇兄吩咐。」太淵也跟著笑了，卻是笑得沒有方才的志得意滿，帶著一絲狐疑。

「你覺得奇怪？也對，你不知道嘛！」蒼搖頭：「太淵，你就算再聰明再周到，也算不過天意。上古神族雖然盡數滅在你的手裡，也不過是輸給了天意。」

「皇兄說這些話……不知有什麼用意？」

「有什麼用意，要有機會，我一定會親口告訴你的。」蒼望了一下地上的青鱗。

滿頭冷汗的青鱗清醒了過來，正望著他。

「青鱗，我原本以為不會走到這一步。」蒼看似沒什麼感情地說著：「如果上天覺得還不夠，那麼命運還是命運，你虧欠我的，準備好一併歸還吧。」

「你說什麼？」青鱗吸了口氣，轉頭看著太淵：「太淵，你要解陣我幫你解，不需要他！」

「不行。不光是解陣，我這次不是想要皇兄的身軀，而是真的龍鱗，你是拔不下龍鱗的。」太淵搖著頭說：「何況，我日後還需要你的幫助啊！」

「為什麼……」

「你看就知道了。」太淵眉一挑：「青鱗，我勸你不要做什麼小動作，你斷了一臂，已不能列陣，還是省些力氣為好！」

「拔鱗？不行！」青鱗勉力從地上站起，朝著已經走上水潭的蒼跑去。「傅雲蒼，你給我回來，不許去！」

「青鱗，這是你最後一次對我說不許吧。」蒼背對著他：「我很高興聽到你這麼說，不過，要是有一天真的……我勸你還是盡早開始恨我才好。」

「你給我……」像是撞上了無形的牆壁，青鱗怒極：「太淵，你敢！」

「你傷糊塗了？我有什麼不敢的？」太淵笑出了聲。

「傅雲蒼！」

「傅雲蒼……青鱗，還是不要這麼叫我了。」蒼側過頭：「還有，清醒一些，沒有什麼追得回時間……」

完好的右手手心一熱，青鱗握緊了手掌，覺得黏稠的液體從掌心湧了出來。

「破！」蒼衣袖一揚，長長的頭髮飛揚起來……

蒼慢慢地走上了白玉的臺階。一步，一步……希望永不到盡頭，希望能留住這一刻的心情……

但時間終是不能挽留、不能追回的。

不痛，卻知道是裂開了。

手心裡的刻印又一次裂開了，一次一次地……也許有用，也許沒有……所有的事，就看上天的意願了。

凡人們說，人生苦短。其實若是短短的一生倒也罷了，怕只怕折來磨去，活得久痛得也久。再怎麼自鳴得意，不過是一群被命運擺布了千萬年的所謂神仙。

七層的玉臺上，沉睡著一個已經沉睡了萬年的身軀。蒼站在玉座旁，用奇異的目光注視著這個身軀。

神滅形存，留下的不過是一具軀殼，不論這個人是誰，他已經死了，就算青鱗不肯死心，太淵費盡心機也是一樣。

世事總是充滿了嘲諷，到頭來，不過就是竹籃打水。

其實，死了也沒什麼不好，留在這世上，罣礙太多，難得平靜。

死了的好！

「不好！」仰頭看著的太淵突然驚呼一聲，變了臉色。

同一時間，青鱗咬破舌尖，一口鮮血噴向面前。

天青、墨綠兩條身影幾乎是同時衝上了玉臺。

來不及了……大火猛烈地燃燒，形成了一道火牆，把兩人隔在七層之外。

「皇兄，你這是做什麼？」太淵居然氣急敗壞地叫著：「無妄火會焚燬我們水族軀殼，我是讓你拔鱗，不是殺他！」

「心中一點無妄，燃起烈焰滔天。」隔著火焰，蒼的臉上有著笑容：「太淵，你心裡的火既然再怎麼滅也熄不了，那就讓它燃得更盛吧！我要看看，你到底能做到什麼程度！」

「你好狠！」太淵陰沉了臉，殺意湧動：「我就不該忘了你有多狠！」

「是啊，你就不該用青鱗的性命來逼我就範。他對我而言其實也沒多大用處，對你來說就完全不一樣了。」蒼嘆了口氣：「太淵，是不是做久了聰明人，就喜歡把別人都當作傻瓜呢？」

「你從哪裡弄來的無妄真火？」太淵不理他的挖苦，焦急地追問：「火族已經覆滅，你這是從哪裡弄來的？」

「你不是很聰明？那就自己猜猜看吧。」蒼擺明了「我不說，你又能奈我何」的架式。

「你！」

「沒有龍鱗，就沒有逆天返生。整整一萬年啊！你的如意算盤是落了空了！」蒼仰頭大笑：「這是懲罰，懲罰你列陣誅殺親族。太淵，我有時候覺得你才可憐，我們一個一個死去了，你卻要獨自活著，千年萬年地活在自己的煉獄裡。」

「說得對極了！皇兄，是我錯了，我甘願受罰，你快些出來吧！」太淵哪裡笑得出來：「就算你現在是魂魄之身，也不能在無妄火裡待得太久啊！」

邊說，他邊想試著破開這半虛半實的火焰。

「別試了，只要你是水族，就沒有辦法接近。」看他徒勞無功地施法，蒼颯刺地笑了。

太淵皺了下眉，手中摺扇一揮，成了寒光四射的長劍。一劍斬下，非但沒有劈開火焰，甚至讓火焰竄高了許多，直往太淵身上捲來。

太淵一驚，知道被這火燒到可是非同小可，連忙撤劍後退。

他退，身旁始終沒有說話的青鱗居然直衝進了火中，速度快到連太淵都沒來得及拉住他。

尾聲

眼看著火焰捲上了青鱗的身軀，他卻連眉頭也沒有皺一下。

太淵一愣，試著把手靠近似真似假的火牆，根本沒有接觸到火焰，就被可怕的熱氣燙得縮回了手。

「你過來做什麼？」蒼看著青鱗深邃難測的眼睛：「你是來救他的嗎？」

青鱗看了看躺在玉座上、正在漸漸化為光塵的身體，目光裡閃過掙扎。

「可惜這回你救不了他了。」蒼放低視線，盯著他正被火焰焚燒的身體。「快出去！你也算是水族，禁不起無妄火，你為了救他，連命也不要了嗎？」

話剛說完，感覺身體被扯動，不由得跌進了青鱗的懷裡。青鱗單手擁著他，竭力把他護在懷裡，遠離那些火焰。

「你……」蒼抬起頭，愕然地看著青鱗。

「誰許你自作主張的？」青鱗簡短堅定地說：「跟我出去！」

蒼的目光複雜閃爍。

「青鱗……」他輕吐了口氣，低聲地說：「真是傻瓜！我們兩個都是……」

在青鱗愕然的表情裡，蒼冰冷的嘴唇貼上了他的。纏綿輾轉，冰冷和熾熱的感覺交替在他唇上流連……

「青鱗……到此為止了……」蒼的嘴唇廝磨到了他的耳鬢，臉頰貼著他，輕聲在他耳邊說：「保重。」

趁著青鱗還沒有反應過來，蒼用力一推，把他推出了火牆。青鱗踉蹌著退開，身上的火焰在離開火牆的剎那消失得乾乾淨淨。

「傅雲蒼！」青鱗的手和半邊面目被可怕的火焰燒得裂開，加上頭髮散亂，神情狂暴，樣子可怕至極。

太淵雖然愣了一愣，卻及時地在他再次衝進去之前扣住了他的手腕。

這時，火焰猛烈地燒了起來，吞噬了蒼的身影。

「數萼初含雪，孤標畫本難。香中別有韻，清極不知寒。橫笛和愁聽，斜枝倚病看。朔風如解意，容易莫摧殘。」火焰後方，傳來了蒼淡然又孤傲的聲音：「海上生明月，天涯共此時。情人怨遙夜，竟夕起相思。滅燭憐光滿，披衣覺露滋。不堪盈手贈……還寢夢佳期……」

太淵還在想這些莫名其妙的詩句是什麼意思，卻發現抓著的青鱗竟然停下了掙扎。青鱗站在那裡，近乎失魂落魄地聽著……

一陣紅光大盛，無妄的火焰剎那之間燃起，又在剎那之間消失。太淵看了看眼前空空蕩蕩的玉座，又看了看身邊閉目站著的青鱗，臉上換了幾種表情。

太淵走到剛才蒼站著的地方，從地上撿起了一張焚燬過半的符紙。

「寧可自毀魂魄也不為我用，算你狠！」看過後，他把符紙揉成了一團，臉上閃過深刻的憤恨。

轉過頭，青鱗還是站在那裡，臉上的表情有些呆滯。

「青鱗！青鱗！」太淵試著叫了他幾聲，卻得不到回應。

天空開始泛白，不一會，陽光照進了山谷。溫暖的陽光照射到了青鱗身上，他終於睜開了閉著的眼睛。

眼前什麼都沒有……什麼都沒有了……

「傅雲蒼！」青鱗抬起頭，朝著天空喊道。

只有回聲……

這時的青鱗並沒有想到，誠如蒼對他說的那樣，命運還是命運，是不可迴避的。

但下一次遇上命運，還要等上整整兩百年……

——《畫中仙》完

番外一

三百年前，昆侖山。

「上仙請留步！」

「上仙！」

「寒華上仙！」

「讓開！」他衣袖一揮，圍繞在身邊的天兵們紛紛朝四處跌開。

「寒華上仙，再往上就是昆侖之巔了。」守山神將拔出腰間佩劍，但未將劍尖指向闖山之人，言語也不敢有絲毫得罪：「上仙也知昆侖之巔是仙家禁地，我等奉西王母之命鎮守，不得放任何人通行，還請上仙體恤。」

要是換了是別人，守山神將怎會如此客氣。偏偏眼前這位寒華上仙，非但位列九十九天上仙之首，更是連西王母也不敢輕易怠慢的尊貴人物。何況以寒華上仙的法力，傾盡天庭兵力能否與之抗衡也還難說，他一個小小的守山神將，哪裡有膽子攖其鋒芒。

「若是再阻著我，別怪我不客氣。」寒華站在原地，猛烈的山風吹得他的衣袂翻飛，他的臉上一片冰霜，眉宇間隱約帶著殺氣。

「上仙……」神將的話還沒有說完，只聽寒華冷哼一聲，接著他雙腿一陣刺痛，不由自主倒在了地上。

他定下神再往四周一看，發現周圍的人已全部倒地，看上去和自己一樣傷得不重，但也無法繼續行動了。

「上仙留步！」看著寒華要往山上走去，他急忙喊道：「若非有西王母許可，任何人都無法穿越山巔的封咒。」

「封咒？」寒華停了下來，仰頭往上看去。

山巔隱約散發出紅光，想必就是封咒，但是其中蘊含的淡淡金芒……

「什麼人敢擅闖崑崙？」

就在此時，半空中突然傳來了一聲喝問，西王母身邊的安法嬰隨即出現在一片狼藉之中。

她環顧四周，驚駭不已地問道：「這是出什麼事了？」

視線和寒華冰冷的目光一撞，安法嬰忍不住嚇得退了幾步。

「寒華上仙？」看見寒華手中兀自滴血的長劍，她驚呼道：「您為何……」

「西王母在哪裡？」

一路往西王母宮殿而去時，寒華抓著安法嬰的手，帶著她一同飛行。

和這位三界聞名的上仙靠這麼近，安法嬰卻是一點也沒有受寵若驚，只覺得渾身冰冷，心驚肉跳。

寒華上仙以前曾來過崑崙山，安法嬰也接待過他，所以一眼就認了出來。但是現在他的樣子，好像有些奇怪……

有誰不知道，寒華上仙是三界中最冷漠無情的神祇，彷彿離得近些，就會被他身上散發出的寒意凍結成冰。那張臉上從未有任何表情，更別說憂急惶恐了。可是現在，那張永遠七情不動的臉上，居然隱隱流露出一絲急切慌張。

慌張？寒華上仙怎會慌張，這世上有什麼事能令他慌張？安法嬰搖了搖頭，立刻否定了自己荒謬的想法。

「上仙為了何事殺傷守山神將？」安法嬰鼓足勇氣問道：「若是他們得罪了上仙，法嬰一定稟明西王母，好好處罰他們。」

話雖如此，但安法嬰心裡清楚那些神將們怎麼膽敢觸怒寒華，她也只是找個託詞，婉轉探問寒華的來意罷了。

寒華沒有理會，只是腳下越發加速。安法嬰被那可怕速度嚇得臉色發白，哪裡還顧得上說話。

「王、王母……」

「法嬰？」坐在鏡前的西王母轉過頭，看見向來最是沉穩的安法嬰一臉驚惶失措，渾身癱軟地靠在門邊。她不由得訝異地詢問：「妳怎麼了？」

「寒華上仙……」

安法嬰求見兩字還沒有說出口，西王母便看見那個從門外走進來的雪白身影。

「上仙？」西王母急忙起身，吃驚地看著這位稀客：「您怎麼有空來昆侖山呢？」

寒華開門見山地說：「我要一株絳草。」

「絳草？」西王母一愣：「可是……」

「不給？」寒華冷冷地問。

「上仙您也知道，絳草並非一般事物，怎麼可以如此輕率……」

西王母還沒來得及眨眼，寒華手中晶瑩似冰的長劍已架在她的頸邊。

「何來這麼多廢話？」寒華的語氣冷淡，眼中卻隱含怒氣：「不給的話，我現在就殺了妳。」

劍尖散發出的寒氣透過脖子，一直鑽進了西王母的心裡。一想起寒華說到做到的性格，她只覺得四肢一陣冰涼。

「上仙，不是我不給！」西王母慌忙解釋：「實在是我想給也沒用啊！」

「這話什麼意思？」

「絳草還未長成。」西王母為難地說：「山巔之上最年長的那株也不過一千多年，根本沒有什麼效力，就算上仙取去了也是白費。」

「什麼？」寒華手中握著的長劍顫了一顫，嚇得西王母臉色都變了。

「我絕不敢欺騙上仙，要是上仙不信，我可以親自帶您去看。」

「好，妳帶我去。」寒華的劍沒有離開她的脖子，森冷地說：「若是騙我，我鏟平了這昆侖山。」

鮮紅的絳草長在山頂洞穴的紅色泥土之中，散發著淡淡的光芒。雖然數目不少，但是一看便知還未長成。

低頭望著地面，寒華的長劍離開了西王母的脖子，冷峻的臉龐流露出了失望。

時間緊迫，一時之間要去哪裡找到替代絳草的靈藥？

「上仙這麼急著要絳草，是為了什麼原因呢？」

「這洞中有什麼東西？」寒華突然抬起頭問。

西王母摸著自己的脖子，正在暗自慶幸，聽他這麼問，也舉目四顧了一番。

「這地方很奇怪。」西王母回答：「明明什麼都沒有，卻好像盤踞著一股靈力，我每次進來都覺得心驚膽戰。」

「妳先去吧，我自會離開。」

西王母一直在等這句話，連行禮也顧不上就匆忙離去了。

洞穴開闊異常，巨大的石頭排列其中。雖然寒華不擅長列陣，也看出此處似有玄機。

寒華站在其中一塊石上查看四周，沒有發現任何古怪。他沉吟了一會，目光轉向洞穴的中央位置。

那裡只有一根連接地面與洞頂的石柱，看似沒什麼特別，但是寒華總覺得這石頭散發出一種熟悉的感覺……不過，現在什麼事情都要放到一邊，在長白幻境還有人等著自己。

思及此，寒華再無心思理會其他事情，轉身就要飛走。然而他的腳還未離開巨石，身後的石柱隱隱閃過一道金色的光芒。

寒華察覺有異，不由微微一愣，隨即慢慢轉身。

不知何時，石柱前竟浮現一道彷若由金芒凝聚而成的隱約人形。原本若有似無的微弱靈氣，更在剎那之間強烈了千百倍不止。

「寒華，許久不見了。」一個聲音傳進了寒華的耳中。

「怎麼是你？」寒華忍不住有些驚訝：「你不是在一萬年前就已經戰死了嗎？」

「沒有。雖然只剩一口氣，我還是活著出了千水之城。」聽說話的語氣，就知道這是一個極為高傲的人：「雖然我現在法力遠未恢復，不過總有一天，我這一萬年來所受的屈辱，一定會要害我的人千倍萬倍地償還給我。」

「活著總是好事。」純血龍族生命強韌，重傷之後能活下來也不是不可能的事情，所以寒華只有一瞬的驚訝，轉眼就恢復了常態：「至於你們兄弟間那些事情，我已不想插手，我現在有更重要的事情要辦。」

「不過一萬年，是什麼改變了你？」那人和寒華認識了漫長的歲月，自然深知他的為人性格，立刻察覺了他和以往的不同之處。

「這些絳草是因為你的關係才得以生長？」寒華沒有回答那人的話，只是看著那些散發著紅光的小草：「純血龍族的靈氣和血液可催生萬物。因為你把身體藏在此處，才孕育出這種起死回生的靈藥嗎？」

「你要這草做什麼用？」那人問。

「救一個人。」寒華答道：「我所愛的人。」

「所愛的人？」那人一愣，隨即哈哈大笑：「寒華居然也會愛人？這可是父皇撞上不周山之後，最令我吃驚的事情了。」

「我為什麼不會愛人？」寒華回答得很坦然：「我愛上了一個凡人，把他看得比世上一切都還重要，如此而已。」

那個人沉默了片刻，又問：「為了他，你是不是什麼都願意做？」

寒華沒有回答，只是微微點頭。

「這就夠了！」那人的聲音聽來像在微笑：「寒華，我可以耗費修為，為你用龍血催生絳草，但你要為我去辦一件事。」

「你說。」

「昔日我拚死逃脫，在昆侖沉睡萬年試圖療傷，但我的身體損傷太重，如今還未復原。」那人緩緩說著，語氣中帶著無法隱藏的怨恨：「雖然我手裡有一樣治傷寶物，但是使用這件寶物，就算再怎麼小心，對我魂魄的傷害還是無法估算。」

「你的魂魄已經很不完整。」寒華冷漠地說：「別說恢復，就算支撐下去也很勉強。」

「所以，大約十年之前，我把魂魄投往下界，希望爭得時間治療軀體。最多一千年，我便能恢復昔日的力量。」那個聲音頓了一頓，帶著一絲惋惜：「未料那個凡體肉胎，無力承載我的魂魄，正如你所見，魂魄正附回我的身體。再這樣下去，我遲早形神俱滅。」

「你要我做什麼？」

那個光芒聚成的身影抬手，寒華的腳邊憑空出現了一樣事物。

「我要你幫我將這塊續魂石交給我的肉身。此石能固守神魂，助我的魂魄在俗世中轉生。直到我軀體完備，便可招回魂魄，恢復昔日法力。」那人似乎篤定他一定會答應：「這麼簡單的事情，你想必不會拒絕吧！」

「不會。」只要能得到絳草，不論何事，寒華都會一口答應：「這樣就足夠了嗎？」

「你放心，我和我那個貪得無饜的弟弟不同，更討厭那種出爾反爾的小人行徑。」那人冷笑著說：「說起來，報仇這種事情就是要自己做才夠痛快。」

「好。」寒華彎腰撿起那個泛著七彩光芒的物事：「一言為定！」

「那麼，我魂魄依附的身體，是在人間的惠州，一戶姓傅的人家。」那道金色身影漸漸淡去，只剩淡淡的餘音縈繞：「我的名字叫做……傅雲蒼……」

在惠州城的傅家，傅雲蒼迷迷糊糊地醒了過來。

他這幾天病情加重，很多時候昏昏沉沉的，幾乎沒什麼意識。

因為身體不好，傅雲蒼幾乎一年到頭都躺在床上。他父親的正妻李氏背地裡說，幸虧他是傅家唯一的香火，所以才捨得用貴重的藥物幫他吊著性命，要是生在貧苦人家，恐怕早就夭折了。

其實，對十歲的傅雲蒼來說，生和死不過就是每天躺在床上喝藥和永遠睡著的區別而已。要他來選，他未必覺得活著更好。

也許是常年臥病，他的性格有些孤僻，不喜歡說話也不喜歡和人親近。他唯一覺得活著稍微好些，不過就是在可以坐起身來、透過窗戶看向被切割得一小塊一小塊的天空之時。

唯有此刻，他覺得自己彷彿能在天空中自由飛翔。

他問過服侍自己的僕傭，在天上飛是什麼感覺。下僕們自然當他是病糊塗了，說人是不可能在天上飛的，會飛的只有神仙。

所以，當那個人從窗外飛進來時，傅雲蒼便以為他是神仙。

那個人穿著雪白的衣衫，看上去就像是一尊冰冷的雕像，但是在傅雲蒼的眼裡，他比書上畫著的那些樣子奇怪的神仙更像是一個神仙。

他想和神仙說說話，但是因為病得厲害，根本沒力氣發出聲音。於是只能睜大了眼睛，一眨不眨地看著那個神仙。

那個神仙倒奇怪，也是站在他的床邊一動不動地盯著他看。

看著看著，傅雲蒼撐不住昏睡了過去。幾次他模模糊糊地醒來，那個白衣服的神仙一直站在床邊看著他，甚至連站立的姿勢都沒有絲毫改變。

十歲的傅雲蒼雖然覺得有些奇怪，但是也想不出來是哪裡奇怪。

「要命的話就別取下來。」

一天一夜之後，傅雲蒼再次醒過來，那個神仙開口對他說了這句話。

那個聲音冰冷無比，雖然是盛夏時節，傅雲蒼還是忍不住打了個寒顫。

手腕上突然一熱，傅雲蒼低下頭，發現自己的手腕上多了一樣物事。那是琉璃，但他從未見過這麼美麗、還會發光的琉璃，不由得看得出了神。

「你問什麼樣的異人……」多年之後，傅雲蒼回想起這件事情，也覺得自己當年是病糊塗了，才把那個古怪的男人當成神仙：「我那時病得厲害，也記不太清，只是依稀記得那人……很冷……」

「很冷？他看上去很冷嗎？為什麼不多穿些衣服？」全神貫注的梅疏影一臉驚訝地問。

「不是。」傅雲蒼輕聲笑了出來：「我的意思是，那人一身白色紗衣，神情冰冷，就像是寒冰雕琢而出的人形。他站在那裡看了我一天一夜，從頭至尾只說了『要命的話就別取下來』這幾個字。」

說這幾個字時，他的腦海中浮現出當年那個白衣男子的模樣，不自覺地模仿起那人冰冷的語氣和神情。

一直沒有插話的青鱗微微吃了一驚。

傅雲蒼的描述和模仿，立刻讓他聯想起一個難纏至極的人物，但心裡又有些不信。他所認識的寒華，絕不可能無端地和一個凡人扯上什麼關係。

青鱗忍不住再次打量正和梅疏影說話的傅雲蒼，想起第一眼看到他時，自己心中便存在的疑惑。

雖不懂數算命運之道，但他一眼看出傅雲蒼生就一副薄命之相，純粹是依靠珍貴的法器續命。而傅雲蒼所說的，十年前那個給他琉璃的白衣男人，分明是寒華。

牽扯到了十年之前的寒華，事情就複雜多了。

因為在十年之前，長白山那裡傳來消息，說是天生沒有感情的寒華一夜之間性情大變，苦苦痴戀一個凡人，更為了那個人攪得天上地下處處恐慌，局面一度難以收拾。直到幾年之後，寒華又莫名其妙恢復了常態，一切才平息了下來。

這其中到底發生了什麼不得而知，不過寒華手中的冽水神珠此後落到了太淵手裡，這事多半和他脫不了干係。傅雲蒼得到琉璃的時間太過巧合，加上太淵對自己守著的龍鱗覬覦已久，難保不是他暗中搞鬼。

青鱗很瞭解太淵有多大的能耐。如果太淵有心算計一個人，實在是難以提防。他若想要立於不敗之地，只有先把一切變數掌握在自己手中。

「對了，疏影，我放在妳這裡的東西呢？」打定了主意，他朝梅妖問道：「妳不是偷偷吃掉了吧！」

梅妖臉上的表情僵了一僵，但還是從袖中取出一個白玉盒子。他接過打開，對著好奇不解的傅雲蒼微微一笑。

當傅雲蒼接過那顆「金風玉露」的一瞬，青鱗不知為何想起了藥名的出處。

金風玉露一相逢，便勝卻人間無數……

三百年後，昆侖山巔。

雙劍猛地交擊，迸射出強大的殺氣，一陣地動山搖之後，太淵手腕一抬，用力把青鱗震了出去。

青鱗踉蹌退了兩步，背靠著石柱停了下來。

一縷鮮血從他的唇邊流淌而下，他看了眼手中幾乎斷裂的玉劍，笑著扔到了地上。

「青鱗，沒想到你不是要毀法器，而是要傷我。」和他對面站著的太淵用指腹抹去唇邊的血漬，臉上笑容不變：「你這招用得真是恰到好處，連我也著了道。」

「好說。」青鱗看了一旁的寒華一眼：「只可惜站在旁邊的是他，要是換了別人，你現在已經不會說話了。」

「叔父怎麼會理會我們這些小輩的胡鬧？」太淵的表情倒是輕鬆，看不出傷得多重：「不過，叔父想必不會讓我拿走這東西了……青鱗，你果然心思縝密。」

「多謝誇獎。」青鱗知道太淵的傷勢絕不像表面這麼輕微，心裡十分快意。

「你們兩個聰明人，就是這種聰明法？」站在一旁觀戰的寒華忽然開口：「連這是什麼都不知道，就開始你爭我奪？恐怕，是要後悔的。」

寒華話音未落，太淵看見青鱗背後七彩斑斕的石柱開始散發出金色的光芒。隨著光芒增強，石柱變得近乎虛幻，漸漸可以看清有一個人形的影子飄浮在其中。當那影子開始移動，一張臉慢慢從光芒裡顯現出來。

閃爍著寒光的戰甲，烏黑的頭髮，永遠是那樣高高在上的驕傲表情……太淵一看見這張熟悉不過的臉，心中驚駭莫名，不禁往後退了幾步。

要知道一萬年前那一戰，他是僥倖趁著這人重傷之時占據上風。他根本沒想到會在如此劣勢中和這人狹路相逢，而且對方的身體和法力看上去都已經完全恢復了……

太淵臉上表情驚懼，心裡卻開始飛快地盤算起來。

就算是在占盡天時地利人和的當年，到了最後也沒能將對方置於死地，何況自己現在受傷不輕，絕不可能是他的對手。

在場的其他人，隨便哪一個都不容易應付，又和自己多多少少有著仇怨。如果想平安脫身，只怕得多花些心思……

石柱中的人朝下俯視，嘴角掛著傲慢的微笑。

他知道太淵一定正絞盡腦汁想著怎麼對付自己，可他沒有現在就和太淵動手的打算。反正他們兄弟之間的舊債新仇，有的是時間慢慢清算，眼前最重要的是……

他收回了望著太淵的目光，轉而對近在咫尺的背影展眉一笑，表情柔和得彷彿看到分別多年的情人。

「是你啊。」他低下頭，嘴角帶著笑意，在這人的耳邊輕聲地說：「你終於來了……」

你可知道我在這裡等了你多久？

青鱗，一萬年前你從我這裡偷走的東西，今天我會連本帶利地討回！

「……還給我！」他覆在青鱗胸口的手指曲起，用力刺了下去。

——番外一完

番外二　此時相望

在卷阿修行的時候，她的名字叫做月英。

這個名字是薄霜幫她取的，因為那時她尚是淺藍泛白之色，薄霜讚她如同月之光華，便給她取了這個名字。

她初時很喜歡這個名字，但後來就漸漸覺得討厭了，就如同對卷阿這個地方一樣。

卷阿是個十分無趣的地方，尤其卷阿主推崇苦修。一開始苦修對修行助益極大，但隨著時間過去，修為增長變得艱難，刻苦修行於她就開始變得難熬起來。

縱使如此，她還是堅持了下來，畢竟卷阿是個天地間少有、靈氣充裕的所在，在那裡修行一年便勝過外界許多。

直到那一年卷阿整個崩塌，她才和大家一起離開了這處修行了千年的祕境。薄霜說要去投靠一位多年前認識的神族，並邀她同去。就在她猶豫的時候，另一個和她交好的女妖秋姬卻勸她入人世去。

秋姬說，在神族眼中，她們這些化形之妖不過是充作僕役之用，但是在人世間，她們卻是受人敬畏的大能力者。

她不願做奴僕，於是便跟著秋姬入了人世。

人間處處繁華勝景，皆是她前所未見的瑰麗之境，加上她發現自己的修為並沒有如同卷阿主所告誡的受到任何損害，立即愛上了這萬丈紅塵。

沒過多久，她在百花會上遇見了天城山的主人。山主愛她貌美，便把她留在身邊做了夫人。

這位青鱗山主來歷神祕，擁有極高的法力和奇妙的術法，被奉為萬妖之王。當年卷阿主曾經提及，都說自己難以在法術上與之匹敵。

雖然這位山主性情有些難以揣度，但對待身邊之人極為護短，做他的夫人有著無盡的好處不說，本身也是極有魅力的人物，她很難不為之動心。

青鱗山主覺得她的名字不夠柔美，便為她改名玥瑛，還讓她住在了離自己最近的一處宮殿。

山主說如此待她，都是因為愛她溫順貼心。她也好好地記住了這一點。山主最是喜愛溫柔之人，所以天城山上眾多侍妾夫人之中，山主一直對她十分偏愛。

那是她生命中最愜意的一段時光，直到那一天。

那天，山主從外面帶了一個人回來。

她聽到這個消息，不覺得有什麼好驚訝的。她在天城山上已度過六百年，其間山主也帶過不少漂亮小妖回來，初時她還會覺得心慌，但次數多了便不放在心上了。

反正山主不是她一個人的，總會有人看不過去出來鬧事。不論結果如何，對她都有益無害，她只要看熱鬧就行了。

直到她聽說那人形貌是個男子，而且山主讓他住在攬月宮裡，才覺得有必要去探一探。

她趕到攬月宮，與那人望了個對眼。

令她震驚的不是那出眾的俊美容貌，而是銳利可怕的眼神。

許是源自天性警醒，她當時便覺得這人絕不可以輕易招惹，而山主奇怪的反應也證實了這一點。

但是她不想惹事，禍事卻偏偏落到了她的頭上。

山主似乎對那個驕橫無狀的男子動了真情，而溫柔貼心的她被趕出了天城山。

所以這麼多年以來，她一直估錯了山主的偏好。

風風光光地來，倉倉惶惶地走，要說不怨恨那是假的，但她心裡更多的是慶幸。

原本山主是要殺了她的，但最後還是手下留情。

「我是看在白碧宿雨的分上。」青鱗山主高高在上地俯視著她：「我如果殺了妳，那些卷阿出來的大妖們少不了要來煩我。」

她能活著離開天城山，最後還是靠著出身卷阿這個緣由。

在離開那麼多年之後，她第一次想起那個地方，想起那個不苟言笑卻寬厚包容的卷阿主。

可是卷阿已經不在了，卷阿主也不在了……

她站在山門外，只迷茫了一瞬，便辨明方向，朝著南方飛去。

她從一隻脆弱蝴蝶修煉成妖，可從沒有將片刻時間浪費在多愁善感之上。

她去找了薄霜。

薄霜這些年一直都在南方的震澤，服侍白澤主。

雖然當年薄霜去找的並非此人，為什麼從東海轉投震澤，其中必然有隱情，但是如今的玥瑛已不像當年那般懵懂無知，當然不會多嘴去問這種事情。

她只是一副潦倒悲慘的模樣，去求了薄霜。

同情她境遇的薄霜果然求白澤主收留了她。

雖然最初不太習慣，但她之後在震澤過得還算自在。

只是震澤這個地方，總讓她覺得有些不對勁。而那位據說識通天地的白澤主，也是讓她捉摸不透。

他出身上古神族，血統及身分皆非現世妖仙能及，偶爾見他施展皆是未曾見聞的奧妙法術，但偏偏性情謙和，平日裡只愛煉藥看書，從不與人相爭。

不過她總覺得，白澤主這人並不似表面這般溫和無害，要知道這些神族活了不知多少歲月，還能活得如此簡單，著實令人無法相信。

她冷眼旁觀，看出了薄霜對白澤主的那點小心思，也看出了白澤主對薄霜那種若即若離的高明手段，越發確定了這種想法。

白澤主俊美溫柔，極有本領，起初她也不是沒動過其他念頭，自此也算是徹底打消了。

但令她放在心上的，是另一件事。

白澤主的書庫，是天地之間藏書最多之處。

據說自上古到如今、從天庭至地府的各類書籍，在這書庫之中能夠尋到十之八九。

但是一向大方的白澤主，對自己的藏書卻是極其珍視，等閒不許任何人碰觸。日常只有她與薄霜可以出入書庫，初時不覺有何異常，無非就是汪洋書海，但直到有一天，她誤入書庫中的一間密室。

那裡有一面被法力封印的書架，擺放著以各種文字書寫的古籍。大部分文字她都不認識，認識的卻也沒聽說過書名，但是在最下面那一層，她看到了《靈幻寶鑑》。

來自有狐族的秋姬，曾經和她提起過這本有狐族失去的珍貴祕典。

她立刻聯想到，被放在最下面的都是這樣少有的奇書，那擺在最上面那層的，又會是什麼樣的寶物呢？

她看向最上面那兩個帶著封印的書匣，但是根本看不懂那上面寫了什麼，於是只能偷偷記下了那些文字。

但之後遍查古籍，她都找不出這種文字的相關記載，薄霜也對此一無所知。憤恨無奈之餘，那間密室成了她的心病。

所以在天地異變、靈氣散佚之後，那位鼎鼎有名的「七公子」前來遊說之時，她第一個想到的，便是終於有機會得到密室中的那些寶物。

因為別人不清楚，她卻知道白澤主近來靈力有損，是絕對不會拒絕這個提議的。

在臨行的前一天晚上，等白澤主離開書庫之後，她偷偷潛入了密室。

如她所想，為了不虛耗靈力，白澤主不再以法力結印。唯一令她覺得意外的，是最上面的兩個盒子少了其中一個。

她原本只想拿走餘下的那個書匣，但是臨走之時又改變了主意，便將那些密室之中的收藏全數取走了。

不論白澤主他們所謀之事是否能成，她都不準備再回到這裡，拿一本和一百本又有什麼區別。

在跟隨白澤主去往西蠻雪域之時，她並不知道青鱗山主會在那裡。

這麼多年過去，關於青鱗山主的消息她也一直有所留意，最後聽說是死於部下叛亂。她雖然不太相信，但隨著時間過去，再也沒有聽說過關於這個人的消息，她慢慢也就覺得是真的了。

無論多麼厲害的大妖，於修行中途隕落也不是沒有。

所以當她看到那位山主的時候，所受到的驚嚇也是可想而知。

青鱗山主的笑聲遠遠地傳了過來，等她走近了還能看到，他正對著身旁一人絮絮耳語，一臉討好的神情。

那是她六百年間從沒有見過的模樣。

她定了定神，朝那個背對著自己的人看了過去。

那人身穿一件白色龍紋的衣衫，她立刻吃了一驚。要知這樣的場合，能夠穿著龍紋衣飾的，皆是身分不凡之人。

「你等會可要留點神。」那人對青鱗山主開口，聲音極為好聽，卻滿是不耐：

「說不定他一個念頭就要捅你一刀。」

「六皇兄你這是說什麼呢？」那位七公子站在另一邊，笑著說：「我怎麼會那麼做啊！」

「你給我閉嘴。」那人脾氣似乎十分地差。「為什麼要讓他守在如此靠近中間的位置？你怎麼不守這裡？」

「那我守在這裡。」

「自然是因為青鱗對陣式的掌控之力比我高強，只有他能夠擔此重任。」

「不行！」青鱗山主第一個喊了起來。

「你法力低微，成事不足。」那人並不理他，轉過頭對七公子說：「那就讓熾翼守在這裡，他法力那麼高，怎麼樣都可以的。」

「六皇兄，你這就不講道理了。」

「道理？」那人冷笑了一聲：「我是無用到需要講道理的人嗎？」

被人如此頂撞奚落，那位涵養極好的七公子也只笑了一笑，他目光一轉，往這裡看了過來。

「四皇兄，你來了啊！」

「蒼王、太淵、青鱗大人。」白澤主走了過去。

那人終於回轉身來，玥瑛一下子愣在了那裡。

對方容貌俊美、氣勢逼人，可不就是那個在天城山上，害得她如今淪落為僕婢的……

那人似乎也還記得她，銳利如刀的視線落到了她的身上。

她慌忙低下頭，往後避了一下。

待談完正事，所有人都要離開，她故意站在了薄霜後面。

「好久不見了，玥瑛夫人。」

她驀地一驚，抬頭看過去。

七公子正朝她微笑點頭。

所有人都在看著她。

「七公子。」她臉色發白，拚了命才擠出一點笑容。

「多年未見，玥瑛夫人越發美麗動人，讓我想起當年的百花會，眾位夫人爭奇鬥豔……」七公子又是一笑，沒再往下說便走了過去。

目光一轉，她和山主的視線對了個正著。山主的目光冰冷而帶著殺氣，她頓時腳一軟，差點跪了下去。

「看什麼？很好看嗎？」那個「蒼王」從他們中間走過，輕描淡寫地問了一聲。

「孤虹，不是那樣的！」山主臉色大變，立刻轉頭追了上去。

她終於忍不住，問了身邊的白澤主。

「那位『蒼王』他是……」

「是我同父異母的兄弟。」白澤主告訴她：「不過他是純血的水族，當年在族中地位極高，是個非常厲害的人物。」

她看了一眼那兩人消失的方向，心裡悵然若失。

薄霜拍了拍她的肩膀，露出了安慰的笑容。

她心想，薄霜果然知道很多自己所不知道的事，這麼多年卻半點口風未漏，所以還是得防著她。

而通往新世界的道路被打開的那一瞬間，突然之間發生的異變讓所有人都措手不及。

她本來能逃的，卻被薄霜拖著，和那些無法逃開的人一起捲入了通道之中。

明明是往天際飛去，她卻覺得如同正在往下墜落。

無數的靈力和法器在她眼前呼嘯而過，但她還是看到了山主和他的情人。

山主吐出了一大口鮮血，然後一條蒼青色的巨龍將他整個人包裹其中，兩人在她的眼前被洶湧的天河漸漸淹沒。

她不再回頭，轉眼望向上方。

天河之水不斷傾瀉而下，白澤主已經化成原形，巨大的純白龍魚之身在急流之中盤旋遨遊。

無數綻開的並蒂蓮花撐住了岌岌可危的通道。

她一咬牙，摸了摸自己懷中藏物的法寶，拉著薄霜加緊飛了過去。

過去無須留戀，未來才更加重要。

只要去往新的世界，一切才能有新的開始……

——番外二〈此時相望〉完

高寶書版集團
gobooks.com.tw

BL016
畫中仙

作　　者　墨　竹
繪　　者　mine
編　　輯　林紓平
校　　對　任芸慧
排　　版　彭立瑋

發 行 人　朱凱蕾
出　　版　英屬維京群島商高寶國際有限公司臺灣分公司
　　　　　Global Group Holdings, Ltd.
地　　址　臺北市內湖區洲子街88號3樓
網　　址　www.gobooks.com.tw
電　　話　(02) 27992788
電　　郵　readers@gobooks.com.tw（讀者服務部）
　　　　　pr@gobooks.com.tw（公關諮詢部）
傳　　真　出版部　(02) 27990909　行銷部 (02) 27993088
郵政劃撥　50404557
戶　　名　三日月書版股份有限公司
發　　行　三日月書版股份有限公司/Printed in Taiwan
初版日期　2019年3月

國家圖書館出版品預行編目(CIP)資料

畫中仙 / 墨竹著.-- 初版. -- 臺北市：高寶國際,
2019.03-
　冊；　公分. --

ISBN 978-986-361-650-4(平裝)

857.7　　108001779

三日月書版

三日月書版

GOBOOKS
& SITAK
GROUP©